近代稀见旧版文献再造丛书

民国紅學要籍汇刊

（影印本）

王振良 编

第十一卷

吴克岐 忏玉楼丛书提要

吴克岐 读红小识

南開大學出版社

目录

吴克歧《忏玉楼丛书提要》

吴克歧，号忏玉生、红楼梦里人、犬窝老人。籍盱眙，实居三界，毕生致力于词学和『红学』的研究。

本书可谓最早的一部《红楼梦》书录提要，全书从书名、卷(回)数、著者、出版者、内容提要等几方面介绍了有关《红楼梦》之著述六十余部，并按翻刻、批点、续作、研究评论、诗词歌咏、戏曲传奇等不同著作分为三卷。全书共三百四十四页，现藏南京图书馆，是我们了解红学发展史，特别是民国时期红学研究成果必备之工具书。

懺玉樓叢書提要　一

懺玉樓叢書提要　書目卷一

盱眙吳克岐軒丞輯

原本紅樓夢八卷八十回　原題石頭記　上海有正書局石印鈔本

戚蓼生序曰吾聞絳樹兩歌一聲在喉一聲在鼻黃華二牘左腕能楷右腕能草神乎技矣吾未之見也今則兩歌而不分乎喉鼻二牘而無區乎左右一聲也而兩歌一手也而二牘此萬萬所不能有之事不可得之奇而竟得之石頭記一書嘻異矣夫敷華掞藻立意遣詞無一落前人窠臼此固有目共賞姑不具論第

觀其蘊於心而抒於手也注目而寫此目送而手揮似謡而正似則而淫如春秋之有微詞史家之多曲筆試一一讀而繹之寫閨房則極其雍肅也而豔冶已滿紙矣狀閥閱則極其豐整也而式微已盈睫矣寫寶玉之淫而癡也而多情善悟不減歷下琅琊寫黛玉之妬而尖也而篤愛深憐不啻桑娥石女他如摹繪玉釵金屋刻畫薌澤羅襦靡靡然幾令讀者心蕩神怡矣而欲求一字一句之粗鄙猥褻不可得也蓋聲止一聲手止一止而淫佚貞靜悲戚歡愉不啻雙管之齊下也噫異矣其殆稗官

野史中之盲左腐遷乎然吾謂作者有兩意讀者當具一心譬之繪事石有三面佳處不過一峯路有兩蹊幽處不踰一樹必得是意以讀是書乃能得作者微旨如捉水月秪把清輝如雨添花但聞香氣庶得此書弦外音乎乃或者以未窺全豹爲恨不知盛衰本是迴環萬緣無非泡作者慧眼婆心正不必再作轉語而萬千領悟便具無數慈航矣彼沾沾焉刻楮葉以求之者其與開卷而寤者幾希德清戚蓼生曉堂氏　戚乾隆三十四年進士

是本為清初人鈔本筆致秀勁確係一人手筆上海有正書局主人以重價購得之付諸石印以公同好按紅樓夢一書原本僅有八十回久已喧傳人口然犀脊山樵紅樓夢補序稱原書敘至金玉聯姻黛玉謝世而止而金玉聯姻乃奉元妃之命並無以釵冒黛之事其說其圖與此本敘至薛蟠娶夏迎春嫁孫而止不同未知孰是原本是本每回前後有評（第一回無前評第十五回無後評第六十七回無前後評）或詩或詞或駢體或散行或似詩非詩或似詞非詞辭意俊逸耐人尋味均不知何人手筆至原文與今本字句小異者十之八九

片段大異者十之一二大致有原文佳者亦有今本佳者惟第六十三回芳官等改扮男妝易名如土番以供戲弄一段為今本所無足徵此書為明之遺民怨恨而覺羅而作今本删去者蓋當時恐觸犯忌諱也第六十五六回敘尤三姐與賈珍亦有淫亂事今本却未敘明夫寶玉最善調護美人必三姐穢德彰聞雖寶玉亦難代為掩飾故你既知一語衝口而出否則三姐之死寶玉死之也豈寶玉之所以為寶玉耶第一、三、四、五、七、九、十、二、至二十六、二十八、三十四、至四十、六十四等回中有夾評亦不知何人所作其第十九回寶玉至襲人家喫果品夾評云補明寶玉自幼何等嬌貴以此一句留與下部後數十回寒冬噎酸虀雪夜圍破氊等處對看第二十回寶玉替麝月篦頭一段夾評云閑上一段兒女口舌却寫麝月一人有襲人出嫁之後寶玉寶釵身邊還有一人雖不及襲人周到亦可免微嫌小弊等患方不負寶釵之爲人也故襲人出嫁後云好歹留着麝月一語寶玉便依從此話可見襲人雖去實未去也又云寶釵襲人等行爲並非一味蠢拙古板以女夫子自居當當繡幙燈前綠窗月下亦頗有或調或妬輕俏艷麗等語不

過一時取樂買笑耳非切切一味妬才嫉能也是以高諸人百倍不然寶玉何甘心受屈於二女夫子哉看過後文則知矣第二十一回襲人勸寶玉一段夾評云寶玉看此為世人莫忍為之毒故後文方有懸崖撒手一回若他人得寶釵之妻麝月之婢豈能棄而為僧哉第二十二回探春燈謎夾評云使其人不遠去將来事敗諸子孫不致流散也又惜春燈謎夾評云公府千金至緇衣乞食寧不悲夫第六十四回夾評云五美吟與後十獨吟對照又第二十八回前評云琪官雖係優人後與襲人供奉玉兄寶卿得同始終者非泛

没之文也試借諸評以尋此本八十回後之線索與今本迥不相同余以意揣之大抵賈氏式微一貧如洗寶玉至衣食不周惜春亦緇衣乞食襲人嫁彼琪官然二人仍徃來賈家諸婢星散惟麝月一人與寶釵相依後寶玉終以為僧而去未知是否姑記之如此

紅樓夢一百二十回　金陵籐花榭本

紅樓夢辨謂是書成於乾隆五十七年

程偉元序曰紅樓夢小説本名石頭記作者相傳不一究未知出自何人惟書内記雪芹曹先生删改數過好事者每傳鈔一部置廟市中昂其值得數十金可謂不脛而走者矣然原目一百二十卷今所傳衹八十卷殊非全本即間稱有全部者及檢閲乃衹八十卷讀者頗以為憾不佞以是書既有百廿卷之目豈無全璧爰為竭力搜羅自藏書家甚至故紙堆中無不留心數年以来僅積有廿餘卷一日偶於鼓擔上得十餘卷遂重價購之欣然繙閲見

其前後起伏尚屬接筍然漶漫不可收拾乃同友人細加釐剔截長補短鈔成全部復爲鐫板以公同好紅樓夢全書始至是告成因竝誌其緣起以告海内君子凡我同人亦或先覩爲快歟小泉程偉元識

張某曹雪芹先生傳曰先生名舒藻字雪芹號耐冷道人其先爲甘肅固原人祖某官遼陽以見賞太祖故遂隸鑲黄旗屢從征明有功官至副都統父名錦堂字練亭官江南織造與陳鵬年相友善陳忤總督噶禮罪幾不測練亭密疏救之旋卒於任所先生稟有夙慧太夫人嘗夢入月而有娠生時

紅光燭天鄰里異之五歲時已畢四子五經長益博贍詩宗少陵謂唐以後無詩人生平淡於榮利不樂仕進純廟時某權相有鴻博之薦先生力辭不應嘗至江甯適袁枚罷官爲之擘畫隨園居園中者數月亭臺之布置花石之點綴先生實指揮之性任俠爲鄉里雪不平事幾絓文網交友多道義通有無不吝暮年雖窘乏猶典質琴書以應故人之急論詩頗詆隨園且薄其爲人所撰紅樓夢小説似指隨園而隨園不以爲忤嘗自詡於詩話中先生晚年嗜酒終日沈酣於醉鄉中卒以是致殞

無子著作甚富散佚殆盡云見張某午夢堂集見香豔雜誌第十二期紅樓夢發微

紅樓夢一書相傳為朱明遺老所作隱斥滿清後四十回尤甚當時傳鈔亦鮮故今不傳俛雲癯桐陰清話引槖散軒叢談言是康熙間京師某府西賓常州某孝廉手筆抄錄無刊本乾隆某年蘇大司寇家因書被鼠傷付琉璃廠書坊裝訂坊中人藉以抄出刊板袁子才隨園詩話云康熙間曹練亭為江甯織造其子雪芹撰紅樓夢備記風月繁華之盛中有某

校書尤豔明我齋題贈二絕句余按其詩一以黛玉一以寶釵豈金釵十二皆當時名妓歟梁敬叔勸戒四錄云乾隆五十年以後其書始出雪芹以老貢生槁死牖下抱伯道之嗟身後蕭條陳子莊庸閒齋筆記謂嘉慶間雪芹曾孫曹勛入林清天理教爲逆被誅而汪堃寄蝸殘贅又謂是其孫曹綸近人小說小話云原書抄行者終於黛玉之死後編因觸忌太多未敢流布雪芹本一失學紈袴從都門購得前編以重金延文士續成之解弢氏小說話云異本甚多約五六種皆悼紅軒改删十次未

定本又云披閱十載增刪五次張船山贈高蘭墅鶚同年詩有句云艷情人自說紅樓自註紅樓夢八十回以後俱蘭墅所補見船山詩草俞曲園謂鄉會試增五言八韻詩始乾隆朝而書中敘科塲事已有詩則其為高君所補可知余按高漢軍人乾隆己卯進士官給事中別號紅樓外史曩在上海見城隍廟舊書攤中有是書卷首有高自序惜匆匆未及購回不知與今本有異否也程小泉紅樓夢序略言雪芹刪改過數好事者每傳鈔一部置廟市中昂其值得數十金然目錄一百二十卷今所藏祇八

卷竭搜羅自藏書家甚至故紙堆中積有二十餘卷偶於鼓擔上得十餘卷遂重價購之同友人細加釐揚截長補短鈔成全部鐫板云云是即今通行本也至隱斥之說故老傳聞皆言以書中女子不言纖足為影射滿清之證近人乘光舍筆記孫靜庵棲霞閣野乘孫渠甫紅樓夢解王夢阮紅樓索隱皆謂指順康間事野乘謂海外女子指延平王焦大指洪承疇妙玉指吳梅村王熙鳳指王熙渠甫謂紅影朱明寶玉影世祖賈政影攝政王賈環李紈影莊烈投繯自裁西平北靜南安三王影平西靖南二王

或數十人影一人或二人影數十人或正影或反影夢阮與渠甫說同而謂紅樓影青樓黛玉影董妃即冒辟疆妾董小宛十二金釵則影金陵諸妓徵影雖博而棼若亂絲孜孟心史董小宛考小宛卒於順治八年年二十八歲而世祖是年才十四歲年長以倍決無入宮邀寵之理錢靜方紅樓夢孜頗譏其謬妄汪卒公試硯齋隨筆引滿人華甫說謂甯榮二府即清初六王七王第金陵十二釵則二王南下用兵時所得吳越佳麗列之寵姬者作是書者係江南一士子為二王上賓才氣縱橫不可一世

二王時出愛姬使從學文字以才投才如磁引石久之遂不能自持後被二偵悉亂士子去士子落拓京師窮無聊賴乃成是書以志感故至今後城西北有大觀園舊址猶隱約可辨蔡孑民石頭記索隱謂係影康熙朝事寶玉影廢太子黛玉影朱竹垞寶釵影高江村探春影徐健菴熙鳳影余國柱湘雲影陳其年妙玉影姜西溟劉老老影湯潛菴其他均有所影雖語多附會尚不似夢阮之紊亂陳均堂郎潛紀聞二筆引徐柳泉說俞曲園小浮梅閒話金武祥粟香隨筆近人倩廡

筆記皆謂演明珠家事柳泉謂金釵十二皆納蘭上客寶釵影高澹人妙玉影姜西溟曲園謂寶玉即明珠子容若粟香引張南山詩八徵略云紅樓夢云乃容若髫齡時事容若詩善言情又好言愁句中皆有一黛玉在償廡筆記謂容若眷一絕色女有婚姻之約後此女入宮容若憂思鬱結誓必一見會遭國喪喇嘛入宮唪經容若賄喇嘛披袈裟入宮果得一見而宮禁森嚴始終無由通一語悵然而去寶玉重遊幻境即指入宮事也而容若側帽詞減字木蘭花闋其第三闋與此

尤吻合满人五拉纳子舒某云乾隆五十五六年间见钞本或云指明珠家或云指傅恒家书中内有皇后外有王妃指忠勇公家为近是见随园诗话评近人谈瀛室笔记引护梅氏有清逸史谓刺和珅之家庭略言和内嬖二十四人即所谓正副十二金钗也有龚姬者齿稚而艳性荡而妬嗜榛栗熊白和为百计致之别姬所生子曰玉宝最佻达龚私焉不避婢媪醜声四播玉宝好冶游有柳参将者任城门役遇玉宝夜行不以实告柳笞之血肉狼籍卧月馀始瘥玉宝有婢倩霞艳丽聪颖手甲长二

寸許玉寶嬖之襲讒於和妻出倩霞玉寶私往瞰之倩霞斷甲贈誓不他適鬱鬱死玉寶哭之慟隱恨襲襲多方媚之終不懌和府多優童有名珍兒者尤姣媚玉寶與結斷袖之契輒夜宿其家襲其事率侍婢十餘人往掩之玉寶叩頭求免珍兒亦伏地請罪襲燭之美竟與偕歸亦留與亂是夜襲以暴疾死死後嘗為厲和知之以珍兒殉焉蓋襲即襲人倩霞即晴雯珍兒即琪官玉寶則顛倒其詞也事迹雖合然年代懸殊解盦氏石頭叢話云山陰史麗南炤曰寶玉實某

府之女公子顰卿乃其相攸之婿未結婚之先某公抬至府中下帷因寶玉姻事不諧遂爾氣死云云未能實指更不足據觀我齋鑑兒女英雄傳序略云雪芹見簪纓鉅族喬木世臣之不知修德載福承恩衍慶託假言以談真事意在教之禮與義本齋家以立言也是說也余頗韙之蓋雪芹籍隸漢軍其先人必有極大功勞如焦大者厥後四方底定重滿輕漢一時勳舊子弟滿則席豐履厚漢則置散投閒雪芹憤恨不平未免有譏訕之語然所演不過驕奢淫佚四字漢

世家亦間有似之滿人視之引爲龜鑑可也乃王研農那繹堂輩嫉若深仇可謂無識至於王氏索隱出現清室以污衊滿人要求政府禁止發行又不可同日而語矣

批點紅樓夢一百二十回　三讓堂本

程偉元序　籐花榭本已錄

不著批點八姓氏按曹耀宗跋凌承樞紅樓夢百詠詞稱有

吳批紅樓未知即是此本否

紅樓夢一百二十卷 廣東芸居樓本

程偉元序 籐花榭本已錄

王希廉自序曰南華經曰大言炎炎小言詹詹仁義道德羽翼經史言之大者也詩賦歌詞藝稗官言之小者也言而至於小說其小之尤小者乎士君子上不能立德次不能立功立言以共垂不朽而戔戔焉小說之是講不亦鄙且陋哉雖然物從其類嗜有不同麋鹿食薦蝍且甘帶其視薦帶之味固不異於粱肉也余菽麥不分之無僅識八之小而尤小者也以最小之人

見至小之書猶麋鹿蝍且適與薦帶相值也則余之於紅樓夢愛之讀之而批之固有情不自禁者矣客有笑於側者曰子以紅樓夢爲小說耶福善禍淫神之用也勸善懲惡聖人之教也紅樓夢小說而善惡報施勸懲垂誡通其說者且與神聖同功而子以其言爲小何徇其名而不究其實也余曰客亦知夫天與海乎以管窺天管內之天即管外之天也以蠡測海蠡中之海即蠡外之海也謂之無所見可乎謂所見之非天海可乎并不得謂管蠡內之天海別一小天海而管蠡外之

天海又一大天海也道一而已語小莫破即語大莫載語有大小非道有大小也紅樓夢作者既自名為小說吾亦小之云爾若夫禍福自名勸懲示儆余於批本中已反覆言之矣客無以難曰子言是也即取副本藏之而去因書其言以弁卷首道光壬辰花朝日吳縣王希廉雪香氏書於清仙館

原題洞庭王希廉雪香評按王字雪香別號護花主人吳縣洞庭山人也清　舉人工書法擅繪事是本列總評摘誤音釋於卷前言之不足則於每卷末分評詳言之大致持論和

平於林薛之間力事調停遂使尊林者流羣起詬之其實雪香本意並無軒輊其間也卷首繪像六十四幅正面繪像上題西廂句反面繪花以比擬之又以讀花人紅樓夢論贊（有贊無文非全本）紅樓夢問答某氏大觀園圖説周綠君女士紅樓夢題詞四種附刊卷首焉

增評補圖石頭記一百二十回 上海廣百宋齋廣東徐氏排印本

程偉元序 籐花榭本已錄

護花主人批序 芸居樓本已錄

原題悼紅軒原本東洞庭護花主人評蛟川大某山民加評按護花主人即王雪香大某山民姓名未詳卷首有繡像六十四幅正面像反面題詠又有讀法金玉緣本作太平閒人作護花主人總評摘誤大某山民總評明齋主人姓名未詳總評或問即護花人問答讀花人論贊有贊無論周綠君女士題詞大觀園影事十二詠不知何人所作大觀園圖說音釋

均不知何人所作每卷首有圖卷中有眉評清光緒間廣東徐雨之觀察潤創廣百宋齋於上海鑄鉛字排印書籍爰取家藏此本付印以公同好紙墨精良校對詳審世頗稱之後書賈仿印改名大觀瑣錄脱誤甚多攷紅樓夢最流行世代初爲程小泉本繼則王雪香評本逮此本出現而諸本幾廢矣山民評無甚精義惟年月歲時攷證綦詳山民殆譜錄家也

增評補像金玉緣一百二十回　上海石印本

護花主人批序　芸居樓本已錄

華陽仙裔重刊金玉緣序曰天名離恨僅看一現之曇華地接長安擬種連枝之芍藥絳珠幻影黛玉前身源竭愛河慧生頑石紅樓醒猶疑八月團圓碧簡灰飛誰信滄桑顛倒儘許情根蟠結原為烏有之談直教慧劍精瑩難割鴛儔之累此間以眼淚洗面旁觀方手倦支頤似空似色疑假疑真如曹雪芹石頭記原編繼以沈青士紅樓夢諸賦端相正面者墮風月寶

鑑之情魔別具會心者即玉茗傳奇之性理乃復夢中說夢癡不勝癡圖繪傳神評贊索隱斷以春秋之筆凝以水墨之魂太虛幻境偏多柱史之才新誌齊諧亦有卧遊樂彼姑妄言我參別解一八一贊一卷一圖或合或分生漸生悟茶初酒半燈爐香温其求諸南華之解脫乎抑寄諸非苑之丰神乎則此卷之旖旎蕭疏殆有勝於博奕之百揖而無一益也已光緒十四年小陽月望日華陽仙裔識

是書為上海某書局石印本與徐氏排印本同時出版然

風行海内究不敵徐氏本也卷首繡像一百二十幅係臨王雲階本題詠亦仍之其次爲太平閑人石頭記讀法護花主人摘誤總評明齋主人總評大某山民總評讀花人論贊 有贊無論 或問 一作問答 大觀園影事十二詠 不知何人所作 周綠君女士題詞音釋大觀園圖説 均不知何人所作 每卷前有圖 卷中有太平閑人夾評無眉評旁評卷末有太平閑人分評而護花主人大某山民分評附焉蓋是本以太平閑人評爲主者閑人姓名未詳所評謂係闡發大學中庸而以周易演消長國風正貞淫春秋示予奪大旨

在尊林柳薛尤著眼一淫字故於寶釵繡兜可卿入夢鳳姐同車麝月篋頭碧痕伺浴平兒理妝妙玉贈梅湘雲眠芍香菱解裙五兒承諸回皆指為寶玉曖昧之證殊失詩人忠厚之旨淫者見之謂之淫閒人實成為淫人而已

紅樓夢索隱二十四卷一百二十回　上海中華書排印本

悟真道人自序曰玉溪藥轉之什曠世未得解人漁洋秋柳之詞當代已多聚訟大抵文人感事隱語為多君子憂時變風將作是以子長良史寄情於貨殖游俠之中莊生寓言見義於秋水南華之外古有作者覺乎尚矣若夫傳奇紀異誼不附於通人因事成書體自屈於小說而實則僉載朝野為史外之别裁實錄見聞非稗官之正體如世所傳紅樓夢一書者其古今之傑作乎大抵此書改作在乾嘉之盛時所紀篇章

多順康之逸事特以二三女子親見親聞兩代盛衰可歌可泣
江山敝屣其事為古今未有之奇譚閨閣風塵其人亦兩間
難得之尤物聽其湮没則忍俊不禁振筆直書則立言不
敢於是託之演義雜以閒情假寶黛以況其人因榮寧以
書其事將無作有本云滿紙荒唐推實入虛難得一門風雅
而且萬方玉食公子反作閒人千古美人知己最難如願墜歡
可拾如聞兒女之喁喁長恨難填永見山川之寂寂繪聲
繪影入妙入微當其始也門蔭方濃華年正當無猜兩

小有約三生鬪草焚香大好無愁之歲月談詩賭酒願居不老之天荒無如美景不長良辰難再及其繼也彩雲易散飄零快緣之花麝月難圓掩泣瀟湘之竹遂使讀者男癡女怨暮哭朝啼把卷如親恍入羣花之座掩書致想難勝賸粉之悲是以飛走有年流傳幾遍舉絳瑛之蹟則閨者眉開述叙黛之名則談者口豔通都學子拾來千百遺聞官闈蛾眉瞻却多少淚債然而勘情易誤求事難真但觀百美之新圖豈識一朝之別錄在作者引人入勝設謎不宣

良有苦心誠非得已彼蓋以冲冠一怒爲興衰種族之由喬木三遷亦巾幗離奇之跡於是推原過始痛包胥之哭秦庭指斥禍胎恨褒姒之燃夏燧酸辛無限筆墨羞陳此一因也又以傾國在人悟空唯色緣一情之未泯薄萬乘而不爲彼重色三郎尚死馬前妃子多情漢武徒懷帳裏夫人孰能舉念全灰掉頭不顧悲生憫死成釋迦帝子之功削髮披緇去開國王之號奇情駭世尊諱難書此又一因也是以變幻離奇烘托點染託言閨闥爲情史之專書假設門楣若盛朝之名

闕其實事非一姓人異諸姜族眼波濤俱是秦淮烟水傷心城市忽成異代衣冠故欲吐有必茹之情每隱有彌宣之妙胡蘆火化本無悶人終古之心假語津迷自有抵岸回頭之日不佞謬參正諦剖集遺聞由假悟真信太上以忘情為貴即隱求事知酸淚非作者之癡遂敢洞抉藩籬大弄筆墨鉤沈索隱矜考據於經生得象忘言作功臣於說部為知為罪全俟後人見淺見深仍由讀者自笑好為多事直癡人說夢之流何妨強作解人尋頑石點頭之趣悼紅若在義或庶幾

歲在癸丑嘉平月悟真道人識於滬上　癸丑為民國二年

原題悟真道人戲筆按道人姓王字夢阮或謂與沈瓶菴同作全書以影射明末清初事為綱目甄者真也影朱明賈者假也影滿清寶玉影順治帝黛玉影董鄂妃其他皆有所影繁徵博引頗多相似處其影順康時事者原本也康雍時事者曹氏改本也惟以董鄂妃即董小宛且降及乾嘉時事誤謬昭彰為世詬病中有夾評要言中肯末有總評分段清晰其條舉錯誤處多為前人所未發又選錄太平閒人

護花主人大某山民諸評精語於後亦非以鈔胥為事者
歿順治八年小宛卒年二十八歲是年世祖才十四歲以十四歲之
幼帝寵二十八歲之女子且為之棄位出家恐無是理也
歿雪芹之父名寅字子清號楝亭著有楝亭詩詞納蘭容
若飲水詞中有為曹子清題其先人所構楝亭亭在金陵署
中滿江紅玩詞意子清先人亦為江南織造容若卒於康熙
二十四年則其為織造必在二十四年以前隨園詩話丁未論織
造成公子嘯厓秦淮題壁詩有與雪芹相隔已百年語丁未

爲乾隆五十二年由丁未上溯百年爲康熙二十七年就容若詞及詩話考之似雪芹祖爲織造時已隨侍任所且能詩則至乾時其死久矣李次青陳勤恪公鵬年事略有康熙四十四年聖祖復巡江南駐蹕織造府織造幼子趨過庭上以江甯好官問曰知有陳鵬年會張文端入覲以公爲廉吏對織造使曹公寅亦免冠叩頭請等語或謂幼子即雪芹至嘉慶初亦逾百歲斷無生存之理汪堃寄禍殘贅謂嘉慶年間逆犯曹綸即雪芹之孫陳其元庸閒齋筆記謂嘉年間雪芹曾孫曹勛

入林清教爲逆被誅無論爲孫爲曾孫皆足爲已死之鐵證也
又攷上海有正書局影印原本紅樓夢玄字缺末點歷字不作歷
又第五十四回總評有作者已逝聖嘆云亡語則雪芹之死實在
乾隆以前也
又攷今通行之一百二十回紅樓夢爲程偉元𨔶訂本張船山贈
高蘭墅鶚同年注云傳奇紅樓夢八十回以後俱蘭墅所補
或謂即程本程本書賈高特假其名耳高序作於乾隆五十
七年有云藏書家抄錄傳閱幾三十年矣與隨園百年說亦

頗吻合

又攷滿洲某隨園詩話批云乾隆五十五六年間見有鈔本紅樓夢一書或云指明珠家或云指傅恒家書中内有皇后外有王妃則指忠勇公家爲近是據此與今本不同是又一鈔本矣然嘉慶間事則可決其無也

紅樓夢六冊一百回 上海羣學社排印本

許嘯天刪改補

程序 藤花榭本已錄

戚序 有正書局本已錄

自序 冗長不備錄

是書自稱就文學理論兩種上刪改補正然紅樓夢曲十二釵冊等類之大關目何可刪去其謬誤處又不敢原本而改之其所補者僅尤老娘等類之小事而又不能完全至大相矛盾處悉仍其舊

並未略正一二膽大妄為彼自已言之真紅樓之罪人也

後紅樓夢四卷三十回

逍遥子序曰曹雪芹紅樓夢一書久已膾炙人口每購鈔本一部須數十金自鐵嶺高君梓成一時風行幾於家置一集同人相傳雪芹尚有後紅樓夢三十卷遍訪未能得藝林深惜之頃白雲外史散花居士竟訪得原稿並無缺殘余亟為借讀讀竟不勝驚喜尤喜全書皆歸美君親存心忠孝而諷勸規警之處亦多即詼嘲跌宕亦雅令而有雋致杜陵云庾信文章老更成又云晚節漸於詩律細玩此細筋入骨精意添毫

洵為雪芹愜意筆也爰以重價得之與同人鳩工梓行以公同好譬如斷碑得原碑缺譜得全譜凡臨池按家共此賞心耳

白雲外史題詞調寄十二時曰是何烟霞深隱吟風弄月將蕙質蘭言消歇蜿出蠶絲鬱結花落重開歌停再奏費盡廣長舌夜正靜剪燭摩挲忽爍巧葩意思倍飄忽 憶當時聯吟綴錦望似瑤臺絳闕明豔催觥嬌雛捧硯意氣凌雲發漫玩作珠璣分明一片香雪 也還堪賣文傭字不受孽泉高潔儘許抽身脫羈卸縛歸與庭幃說看縑緗

千古忘盡半生腸熱

散華居士題曰事各有端委人各具情性以我才所到而述彼究竟前書極瑰麗亦甚多蹊徑後書最精妍一手自論定使以理所歸表爲情之正否泰本乘除前後與合并直將掩前光豈特稱後勁迴環費組織舒卷異餖飣先得觀者心有如響所應結構莫能測線索互相映紙貴爭傳抄明珠走無脛擲地作金聲亦可愈痾病平心一再思疑義析靡賸潛幽孰能閟再繼不敢請既非燕許筆焉能附歌詠檐

外暗香来瑶華一枝贈

曹太夫人寄曹雪芹先生家書即書於後紅樓夢之首篇墨跡在原稿藏於林黛玉夫人瀟湘館雪芹先生即以冠於卷首為序文云某年月日六十六歲老母字諭雪芹兒吾兒吏隱養母因桑梓無椽之栖迺使門下生徒代供菽水身復乞假遠遊為買山作計母去七十歲止四年爾耳兒豈無陟岵之望乎頃者林夫人遣紀綱来代營田宅母頃遷家還鄉大過望母尚健飯亦喜家人孫善孫讀父書幼孫扶床嬉弄足樂亦

有花竹園圃池榭可以行遊又林太史姜太史送来書籍圖冊收藏檢校甚望兒還頃聞老年兄弟姊妹並姪輩都過從婦亦能供蔬煮酒並問行人幾時到家惟主人情禮斯一旦謝別白雲在天龍門不見知去留甚難也後紅樓夢簡文溫理信可歸結前書再有第三十回脫稿即寄回只此峭宕無爲蛇足来字云一日口占一回無停機故必冗語即贈林夫人作別何如年老目瞀不多及致謝林夫人不另書

據逍遥子序稱是書亦曹雪芹所作並僞作曹母家書以實之

攷原書與此書文字之優劣懸殊稍識之無者能辨之雖雪芹江郎才盡亦不至如此解盦居士石頭叢話以為某廣文作必有所本然究未詳其誰氏也書言離恨天旁有補恨天掌管者為焦仲卿及芝蘭夫人初張道士之徒德虛與妖僧志凡攝取通靈寶玉欲賺萬金不可得又探悉寶玉與黛玉晴雯愛情甚篤乃攝二人生魂趁寶玉出闈使引之逃往異鄉將賣為優童藉獲重資行經毘陵驛適賈政回京船泊於此寶玉本性忽明上船謁父政令僕從捉獲僧道

訊得真情送官盡法處死黛玉口含歛容金魚屍身未壞柳五兒當以病死晴雯即借五兒體與黛玉同時回生黛玉自知前失捐棄癡情不與寶玉相見矢志與惜春焚修不嫁政夫人婦歆聠木石之緣事之如父母屢次挽人婉説而黛玉執不可黛玉有伯父曰如嶽卒於兩廣總督任所妻南安郡王妹龍氏生遺腹子曰良玉龍旋卒賈夫人撫良玉如己出及賈夫人卒黛玉来外家老僕王元撫養良玉讀書至成人復經營其田產貿易積有二千萬金是年良玉攜至友善景

星來京會試購賈府西巨宅居之黛玉作冰人以喜鸞嫁良玉良玉本欲以景星配黛玉後悉寶黛之隱情乃媒說喜鳳嫁景星適黛玉夢入補恨天觀冊知婚姻已天定遂以政深惡者三事要政一政夫婦前仍作舅舅舅母稱二政蔣玉函夫婦入府伺候芳官諸女伶悉招回三仍居大觀園賈璉續政命允之於是寶黛成親與寶釵不分嫡庶晴雯紫鵑同日納為小星後鶯兒亦收房襲人則棄瑕錄用優待及於玉函良玉深感賈夫人教養恩願以資悉歸黛玉經衆人調停各得

其半黛玉藉以恢復榮甯兩府較往日尤加盛焉史湘雲寡居後虔心修道已臻澈悟當取惜春所繪大觀園圖題曰某年月日某官賈政命次女仲春恭繪會天子名對寶玉詢及大觀園寶玉以圖進天子大悅名仲春入鳳藻宮拜尚書封賢德妃省親如元妃故事仲妃封湘雲為靈妙真人賈環為賈芸所誘狂嫖濫賭招搖誑騙盜典金物政痛撻之黛玉勸政為娶王氏族人女順媚並納彩雲以收其心甄士隱與甄寶玉聯宗以道術助周瓊征服蠻戎數十國

朝廷論功受職香菱有父（喜）矣甄寶玉寓薛家作狎邪遊强姦芮姑娘為其夫趙先生捉將官裏時有誤傳為寶玉者黛玉服鶴頂紅錢一死矣後寶釵生子芝哥黛玉亦生子曹雪芹本為賈氏門下客既作紅樓夢至是寶玉復挽其作是書遺僕回南為之廣置田產以贍其家迨書成良玉景星贈以書畫古玩多種寶黛又率諸姊妹設宴於園聯句以餞其行余按是書泥定前書代黛玉作不平之鳴筆意枯寂若無生發其口吻絕不相肖且多不近人情處

如黛玉回生不妨沿小説舊例借力於補恨仙人無取乎歛容金魚也政夫婦爲子求婦事黛玉如父母豈有此理黛玉仍驕傲不從豈有此理添一姜景星毫無關係直贅瘤耳甄寶玉鬧事黛斷無不派人打聽遽行服毒之理至於狗尾續貂誣及雪老更自忘其醜矣紅豆村樵演爲傳奇真是嗜痂之癖解盦居士論翻案諸作列此書於又次余猶未認可也

紅樓重夢四卷四十八回　上海石印本

不署作者姓氏坊刻改名曰綺樓重夢按第一回卷首曰紅樓夢一書不知誰氏所作其事則瑣屑家常其文則俚俗小說其義則空諸一切大略規仿吾家鳳洲先生所撰金瓶梅而較有含蓄不甚着跡足饜觀者之目丁巳夏閒居無事偶覽是書因戲續之襲其文而不襲其義事亦少異焉蓋原書由盛而衰所欲不多遂夢之妖者也此則由衰而盛所造無不適夢之祥者也循環倚伏想當然耳夫人生一大夢也夢中有榮悴

有悲歡有離合及至鐘鳴漏盡遽然以覺則惘惘然同歸一夢而已上之游華胥錫九齡帝王之夢也燕鈞天搏楚子侯王之夢也下而化胡蝶爭蕉鹿宦南柯熟黃粱紛紛擾擾離離奇奇當其境者自忘其為夢而亦不知其為夢也蘭皋居士曠達人也猶憶夢為孩提夢作游戲夢肄業夢游庠夢授室夢色夢養夢居憂夢續娶夢入成均夢登第夢作宰官臨民斷獄夢集義勇殺賊守城既而夢休官夢復職夢居林下迢迢長夢歷一花甲於茲矣猶復夢夢

然夢中說夢則真自忘其為夢而亦不知其為夢也世有好聽夢囈者請以紅樓夢告之云云據吾家鳳洲語則作者王姓丁已為清嘉慶二年蓋作者姓王曾由科第作宰以軍事失機罷官逮復職退歸年已六十餘此書原名紅樓續夢所謂小鈺者必影射有人為作者之深仇因以帷簿不修醜詆之而此一段即自序也書言寶玉再生為寶釵子小鈺背有文曰通靈寶黛玉為史湘雲女林舜華胸有文曰通靈金鎖可御為寶琴女梅碧簫晴雯借軀為香菱女薛淡如賈蘭娶甄應嘉

女婉淑夢鴛鴦贈花一胎生三女曰優曇曰曼殊曰文鴛邢岫煙生女曰薛彤霞李紋嫁朱姓生女曰妙香李綺嫁甄寶玉生女曰瑞香岫煙饔飧不給時小鈺年四歲寶釵乃聘岫煙為塾師授小鈺讀諸女悉附從未幾小鈺夢神授天書習諸兵法碧簫亦夢仙女授飛刀術小鈺年十二倭人入寇特詔開科取文武異才殿試小鈺文武第一碧簫武第二薛蟠族人女謫如武第三於是拜小鈺為平倭大元帥碧簫謫如為左右副元帥賜金印統率大軍連戰皆捷倭亂平封小鈺為平海

王授太師大學士贈四代如其官碧簫為燕國夫人謅如為趙國夫人賜府第宮監有差倭王楊泳来朝留其女翩玖為簡安置平海王府居住皇上冊立太子詔考試才女優曇第一曼珠第二賜配長次皇子仍居府待年入宮小鈺以年才十三請假讀書十年乞俟十六歲完姻後入朝辦事大學士一缺命賈政署理小鈺閒居無事與甄小翠葉瓊捷及淡如狎碧簫汶怡院織壚謅如作織壚賦彤霞又作集四書文以刺之小鈺又獲繩伎香雪傳授房術益晝夜宣淫諸宮女沾染殆徧小

翠者婉淑之堂妹白氏之聘妻也為野豕怪所祟来府避怪小鈺斬野豕救之瓊雖與藍秀才嬉為其父正茂所見撻之急奔入府小鈺納之後返家以病死淡如後嫁一老醜之原士規復潛與優童通不知所終小翠有寡嫂曰白玉卿来接小翠小鈺私之後與小翠同歸蔣玉函以貧病死小鈺購襲人女為婢便溺僅一竅名之曰雙雙鎮東伯周瓊全家殉山東海寇之難探春亦病歿於南其女淑貞来投小鈺奏陳詳情封淑貞為忠承侯會粵東為龍黨教匪作亂

小鈺奏保碧簫為征粵大將軍謌如纈玖為左右將軍淑貞為參贊大臣大軍甫至諸匪悉降封舜華為小鈺正妃碧簫謌如纈玖淑貞均為次妃明年小鈺年十六同日成婚諸女之未嫁者小鈺咸代為擇配惟瑞香以夭亡云夫以寶玉再世而為寶玉之子蔑倫甚矣十二齡童子即荒淫無度詆之極矣然又崇以封王拜相何耶可卿首導寶玉以淫為榮甯兩府之罪魁而今世反為奇女子晴雯為婢女中之完人而今世反為奇淆亂黑白莫此為甚解盦居士所謂喪心病狂必墮阿鼻地

獄也然詩文均可觀穢墟賦集四書文尤稱佳作或曰是書爲
福安康而作其説近是

續紅樓夢三十卷　上海石印本

秦子忱弁言曰紅樓夢一書膾炙人口者數十年余以孤陋寡聞固未嘗見也丁巳春余偶染瘧疾乞假調養伏枕呻吟不勝苦楚聞同寅中有此即爲借觀以解煩悶匝月讀竣而疾亦賴是漸瘳矣然余賦性癡愚多愁善病每有夸父之迂杞人之謬疾雖愈而於寶黛之情緣終不能釋然於懷夫以補天之石而仍有此缺陷耶公暇過東魯書院晤鄭藥園山長偶及其故藥園戲謂余曰子盍續之乎余第余而頷之然亦不

過一時戲談耳迨藥園移席於滕復至書曰紅樓夢已有後刻矣子其見之乎余竊喜其先得我心也因多方購求得窺全豹見其文詞浩瀚詩句新奇不勝傾慕然細玩其叙事處大率於原本相反而言語聲口亦與前書不相吻合於人心終覺未愜余不禁故復志萌戲續數卷以踐前語不意新正藥園來郡見而異之一經傳說遂致同寅諸公羣然索閱自慚固陋未免續貂俯賜覽觀亦堪噴飯又何敢自匿其醜而不博諸公一撫掌也耶嘉慶三年九月中浣雪塢子忱

氏題於兖郡營署之百甓軒

又題詞云堪嘆吾生眞瞢瞢一往情深每代他人慟曹子雪芹書可誦收緣殊恨空空洞　釵黛菱香才伯仲俶儻風流更有妖韶鳳斧在班門原許弄無端濫續紅樓夢　右調蝶戀花

鄭師靖序曰紅樓夢爲記恨書與西廂記等顧讀者不附崔張酸鼻而咸爲寶黛拊心者續與未續之分也然離而合之易死而活之難雪塢秦都閫以隴西世冑有羊卻風韜

鈴之暇不廢鉛槧輒然謂余曰是不難吾將爇返魂香補離恨天作兩人再生月老使情者盡成眷屬以快閱者心目未操筆他氏已有後紅樓夢之刻事同而旨異雪塢乃別撰續紅樓夢三十卷第爲前書衍其緒非與後刻爭短長也余讀之竟恍若游華胥登極樂闖天關排地户生生死死無礙無遮遂使吞聲飲恨之紅樓夢一變而爲快心滿志之紅樓抑亦奇矣雖然豈徒爲夢中人作撮合哉夫謝豹傷春精衛填海物之愚也而人效之鯤絃莫續破鏡重圓天之數也而人昧之要

惟不溺於情者能得其情之正亦惟不泥於夢者始博夫夢之趣雪塢之以夢續夢直以夢醒夢耳嗟乎夢有盡而情無盡雖猶是游戲筆墨而無怨無曠之抱負已覘其概此真十州連金泥續絃膠也彼續西廂之誚鳧脛貂尾者又烏足並論書以質之雪塢以爲然否秀水弟鄭師靖樂園拜題

譚濼題詞

曰將畢不好武更此今求古只爲那金釵無主續纂黄梁離恨天難補 證仙緣了孽冤幻境無愁苦漫疑猜天曹地府筆蕊生花原向夢中吐 右調南柯子 易水

弟譚濼拜題

隴西秦子忱著　按秦字雪塢甘肅人清嘉慶初官山東兖州營都司緩帶輕裘有儒將風是書作於後紅樓夢之後人以其說鬼也戲呼為鬼紅樓書言太虛幻境即唐白居易長恨歌所云忽聞海上有仙山山在虛無縹緲間樓閣玲瓏五雲起其中綽約多仙子是也黛玉既歸幻境居絳珠宮元妃居赤霞宮諸姊妹居薄命宮警幻以正副冊子示黛玉又賜以篏鏡葫蘆令其夜靜窺視省悟前因甄士隱給香菱

以返魂尋夢二俾亡魂生入兩可晤會元妃惡鳳姐破壞寶黛婚姻派爲正使鴛鴦爲陪使赴陰曹省視賈母以贖前愆尤三姐願隨行保護夜宿觀音庵遇智能與秦鍾初賈母歿後焦大從之又路贖鮑二家抵酆都適林如海爲城隍賈敏亦在任所遂接賈母入署始知賈珠在彼經理家務司棋潘又安爲之服役敏以黛玉未至大索幽冥會入言觀音庵有婦女來乃命司棋隨差往視於是遇鳳姐遂入署謁見賈母等賈母命三姐齎信先回鳳姐奉賈母遊地獄歷陰山刀山等

等處見賈瑞馬道婆趙姨娘受罪狀張金哥控告鳳姐賈母為鳳姐還金贖罪尋獲其夫崔文瑞判為夫婦夏金桂以淫惡罰為官妓書辦馮淵贖之為妾初寶玉隨茫茫渺渺至青埂峯柳湘蓮已先至遂同心修道茫茫渺渺深憫寶黛等癡情奏請上帝釋放回生會士隱至以香贈寶湘焚之同登幻境元妃欲寶黛締結良緣黛玉以無父母命為嫌寶玉遂親往陰曹求親如海夫婦允之適如海陞轉天曹寶玉遂奉賈母及敏等至幻境與黛玉合巹先是黛

玉香菱焚返魂香還家告知寶釵等以回生之事迨寶釵産桂哥後又命晴雯送尋夢香引釵来相會至是回生恩旨已降如海亦調補京師都城隍玉皇既示夢於皇帝賈母亦示夢於政等先期茫茫渺渺命松鶴童子送寶湘肉体至鐵檻寺賈蓉等亦將黛玉鳳姐可卿迎春二姐三姐晴雯金釧瑞珠香菱諸柩運至皇帝命移元妃金棺於皇覺寺迨中元節茫茫渺渺以仙丹施救同獲回生如海履京師新任賈母命賈珠納鴛鴦為妾皇帝召見寶玉賞侍講賜金蓮燭

與黛玉完姻趙全有妾為惡鬼所嬲馮淵毆之命其以造廟金為黛玉置辦妝奩警幻贈給黛玉靈符佩之則幽明不隔於是賈政宴如海等於榮國府如海等亦宴政等於城隍廟茫茫渺渺為孫紹祖剖腹洗心以除舊惡又尋獲湘雲壻救之囘生皇帝憫其勳舊子弟畀罪隱名賞給如海為嗣改姓名為林成玉未幾平兒生子藻哥巧姐出嫁周氏寶玉納晴雯金釧紫鵑鶯兒為妾又令五兒襲人進府收為傳婢另以芳官蕊官給琪官為妾馮紫英以鮫綃帳贈寶玉寶玉推

己及八賈環已納彩雲復爲之娶趙全女又爲賈蘭娶范學士女甄寶玉與李紋擇吉成親賈薔齡官賈芸小紅焙茗萬兒均配爲夫婦元妃誕生皇子黛同日生女蕙姐後爲皇子妃元妃奏封茫茫爲佐化真人渺渺爲佐治真人士隱爲佐政真人建三賢祠祀之惜春修行功滿借鍬钁之戲脱却凡胎妙玉引還幻境會如海陞天曹各閣部代善亦接賈母返麒麟閣於是政等佩帶靈符送賈母升天並省視代善寶黛等迓道幻境時警幻已將幻境改爲仙境離恨改爲補恨薄命改爲

鍾情怨粉愁香等額亦改爲惜玉憐香等字上帝念警幻勳勞陞補瑤宮仙史所遺之缺封妙玉爲悟真仙姑專司經理授惜春爲珠霞仙子贊襄絳珠赤霞二宮事如海亦示夢於皇帝又封惜春爲慧覺仙姑賞銀建祠如海代善夫婦亦封大夫夫人有差余按是書神仙人鬼混雜一堂荒謬無稽莫此爲甚宜乎解盦居士論翻案諸作列諸又次也然筆舌快利閱之可以噴飯較後夢之索然無味似勝一籌未知解盦以爲然否

紅樓復夢一百卷 嫏嬛齋本

紅樓復夢人自序曰或問曰夢復乎余應曰可子曰吾不復夢見周公由此觀之大聖人之夢復周公之夢而夢之者也有周公孔子之夢而七十子之徒相繼而相續夫然後孟子闡而繼之昌黎承而續之而程周朱許諸賢相將而復而周公孔子之夢于是充乎天地貫于古今而人之生於世者無不感周孔之夢而知君臣父子夫婦兄弟朋友之道化於夢而知孝悌忠信禮義廉恥之節聖人之夢豈非天地之間大夢乎李青蓮曰浮生若夢

而曰敘天倫之樂可見夢之爲夢實倫常之綱領生于夢者正不可須臾離于夢也釋氏曰如夢幻泡影以夢而冠諸泡影之首蓋以泡影爲虛渺之物而夢則具倫常行禮義人民城郭聲音笑貌可得指而名之也是以雪芹曹先生以紅樓夢一書梓行于世即李青蓮所謂敘天倫之樂事而已天倫人之所同而樂之之夢境不一斷無彼人之夢而我亦依樣胡廬夢之之理雪芹之夢美人香土燕去樓空余感其夢之可入又復而成其一夢與雪芹所夢之人民城郭似是而非此

誠所謂復夢也倫常具備而又廣以懲勸報應之事以警其夢亦由夫七十子之續之耳若以他人之夢即而夢之此爲夢之所必無者蛇畫成而添以足雖其爲蛇矣雪芹有知必於夢中捧腹曰子言是也夢既成而弁數言於簡端時嘉慶四年歲次己未中秋月書于春州之蓉竹山房紅樓復夢八少海氏識

陳詩雯序曰原夫桃李園邊芙蓉城畔心香一線幻來色界三千春夢無端倏起瓊樓十二普天才子作如是之達觀

絕世佳人唤奈何於幽恨愛由心造緣豈天慳斯則情之所鍾即亦夢何妨續吾兄紅雨賓稗史白眉筆花得自青蓮傲文通之五色心錦分来郭璞窺子敬之一班聚彼芳魂作吾嘉話悲歡離合仙人就三生石以指迷怒罵笑嬉菩薩現百千身而說法奇奇怪怪既瀾翻而不窮擾擾紛紛總和盤而託出畫落梅於紙上無一瓣相同吐綺語於毫理端正萬言莫罄封姨漫妬名花本自天来月老留心絕世甯真命薄問天不語傷心人代訴衷腸補天何難有情的都成眷屬靈根未斷

前生種向藍田智月常圓陽世重修玉斧人間兒女無勞乞巧天孫意外因緣一任氤氲大使筆妙總由心妙人工何奪天工故能青出於藍所謂冰寒于水粃糠前哲尚何難哉揚播名流良有以也嗟嗟夢中夢何時真覺樓上樓更上一層欲將紅粉春深須喚黃鶯啼穩隙駒蕉鹿空鬧子野之三蟻穴蟲窠不數臨川之四但休向痴人說耳奚不知（為）已道之嘉慶己未秋九重陽日書於羊城之讀畫樓武陵女史月文陳詩雯拜讀

原題紅香閣小和山樵南陽氏編輯款月樓武陵女史月文氏

校對卷首有自序未署紅樓復夢人少海氏識又有香月友品花仙史印則作者字少海又字香月別號品花仙史又有女史月文陳詩雯序即校訂人而序中有吾兄句則作者姓陳也第一回有後人不知復有黛玉復生晴雯再世句是此書作於後夢後也書言寶玉等因情生緣當為夫婦此情未了而元神之未曾合體也者又降人間有祝簡江蘇丹徒人官通政使卒于妻松氏生子三女一長子鳳官禮部尚書卒謚文端娶柏氏次子筠官侍郎娶桂氏生子夢玉女修雲三子露官員外娶石氏初

桂夫人姙夢玉寶玉後身時夢神人授以美玉吞之而生故名初娶梅海珠晴雯後身梅掌珠寶琴後身鳳無子為之聘賈珍珠即花襲人及松彩芝黛玉後身露無子又為之聘桂蟾珠紫鵑後身松太夫人七十生辰命露先納芳芸金釧後身紫簫五兒後身為子婦其師鞠淵無子願以女秋瑞香菱後身妻之同日成親薛姨媽繼夢玉為子為之聘竺九如湘雲後身王子騰妻沈夫人亦為之聘鄭汝湘可卿後身夢玉入贅於竺會露卒權於汝湘成親於甘露寺王夫人亦繼夢玉為子為之聘韓友梅妙玉後身未幾鳳亦卒服闋太夫人又

命納芙蓉後身麝月爲妻以足金釵十二之數與珍珠蟾珠友梅同日成親於榮府松桂調嶺南節度使命夢玉前往招贅夢玉連捷成進士中探花進京供職贖大觀園居士之後官至尚書與彩芝均成爲地仙彩芝浙江錢唐人父柱以平蠻徭功封定國公母莊氏彩芝與海珠掌珠芙蓉芳芸蟾珠各生一子竺九如父官上元縣知縣卒九如慕夢玉名願壻焉長齋事佛歸夢玉始閉齋以平蠻徭功與海珠秋瑞掌珠汝湘紫簫芳芸珍珠寶書瑞

麟佩金俱封為勷勇恭人後與紫簫秋瑞汝湘各生三女鄭汝湘父江鹽鐵副使母祝氏為夢玉之族姑蟾珠小字月生桂夫人内姪女也父怨官兵部侍郎母金氏鞠秋瑞父淵官知縣母韓氏友梅姑也梅海珠掌珠為孿生姊妹吳縣人父向解元母祝氏名秋琴即夢玉姑也海珠生長子寄生小字賓哥芙蓉姓江柏夫人婢夫人病篤與珍珠割股以救後平定蠻猺以辨粮為誤與採春俱封安人芳芸姓舒石夫人婢紫簫姓魏桂夫人婢後事石夫人露病亟

紫簫刺血和藥以進韓友梅山東人父鐵諸生母薛氏寶釵族姑也初榮府有狐曰胡月生其妙玉遭魔刼失內丹月生借身託體再生為友梅父母相繼歿其叔將賣於妓家遇寶釵攜歸王夫人繼為女後與寶釵仙去賈珍珠即花襲人襲人嫁玉函經年而寡仍投榮府王夫人繼為女改今姓名從夫人囬南行至金山投江初珍珠本曇花仙子神瑛逐廣寒宮玉兔曇花救之玉兔誤為愛己也故再世為玉函且洩一逐之恨寶玉嘗見夏金桂而動心金桂再世為張黛珠至是月

老以珍珠失節不可為祝氏冢婦命龍宮如意匠取黛珠尸而以珍珠函首心臟易之遣龍女送至儀徵之清涼觀時惜春主觀事遂居焉會柏夫人舟行遭風泊於此乃攜歸後歸夢玉生子一女二祝修雲鴛鴦後身夢玉妹也適蟾珠弟堂後平兒又妻堂以巧姐周婉貞鳳姐後身父惠筠僕也其表兄鍾晴賈瑞後身欲強姦之不從晴以剪刺之死後獲晴論斬以抵石夫人生遺腹子女寶珠閉目而啼王夫人呼以鳳姐目開啼止後適桂堂弟埃素蘭姓秦吳桂兒妻後身桂夫人婢思嫁夢玉以年長不

可鬱悶成癆臨殁取夢玉小影吞之松壽（湘蓮後身）彩芝弟娶孟瑞麟（尤三姐後身）為妻以平蠻猺功與堂同授冠軍都督御林軍使頤玉書（迎春後身）桂夫人姨姪女適海珠弟春柳緒（秦鍾後身）廣東廉州人父遇春官禮部主事母汪氏父卒寄柩饅頭菴與女尼妙能（雪雁後身）智能有情妙能本張玉友父敦禮諸生母王氏相繼卒玉友以多病入庵至是賈璉命智能蓄髮留養府中先為玉友撮合又贈金遺包勇護送回粵路遇薛姨媽繼玉友為女改姓名為薛寶書又逕繼智能為女改姓名為薛寶月

緒遇虎爲馮富所救以妹佩金（尤二姐後身）妻之後避蠻猺亂来金陵與寶月成親王夫人自賈政殁後賣第宅及大觀園返金陵賈璉以平兒爲妻生子毓哥女甯馨璉夢與寶玉等遊地獄見鳳姐受罪狀乃鑄金佛造萬緣橋爲之懺悔後僧仙去自號白雲和尚寶釵生子慧哥探仙井鑑太玄石省識前因會猺蠻亂祝筠拜寶釵爲總領率鄉兵往勦平之封武烈夫人贈寶玉爲妙覺禪師又封王夫人爲慈惠夫人賈環娶廉州府知府張銘女桂生爲妻賈蘭襲榮國公娶江芷香女秋白爲妻

探春生子定兒女閨姑夫卒翁姑命其回南自便桂夫人繼為女命與寶釵總理家務建楚寶堂居之惜春潛出榮府雲遊初居金陵雞鳴寺後居儀徵清涼觀自號不期道人為柏夫人勸歸繼為女會甄寶玉父母及妻相繼卒乃娶惜春為繼妻茗煙尋寶玉至金陵遇夢玉收為僕薛姨媽以婢紅綬妻之後落水夢玉金鳳救之亦妻焉余按紅樓緊要人物足敷翻案之用是書人數增多幾及兩倍畫蛇添足雜亂無章如黛玉為金釵之冠如何大禮晚成可卿。有叔婭之嫌焉能明結連理香菱僅解裙之愛然理妝亦有意外則然乎兒亦可援可卿之例而再生玉免寶解嘲之尤雖易體究未易心失節者不能作祝氏之冢婦桂堂係何人再生與鴛鴦巧姐有何情愫梅春果又安後身未可作迎春坦腹雪雁二姐究與秦鍾何干紅綬金鳳當作萬兒託體他如芳官鶯兒小紅齡官輩大可發生妙文又付諸不論惟處置寶釵直令其笑涕皆非或為尊林家所許乎解盦居士以癡婆囈語譏之誠然誠然余叙是書僅就前書所有者約略

言之餘付闕如不願浪費筆墨也

紅樓夢補四卷四十八回　上海圖書集成公司排印本

歸鋤子序曰月如無恨月自常圓天若無情天應終老試看山中白骨一夢如斯無非鏡裏紅顏三生莫問如石頭記傳奇演紅樓之歌曲即色皆空驚黑海之波濤回頭是岸絳珠還淚誰憐淚眼之枯頑石多情終負情天之債憶雯鵑而飲恨涕蠟流乾代寶黛以銜悲唾壺擊碎然而王嬙歸漢不埋塞外之香荀粲齊眉尚剩奩間之粉借生花之管何妨舊事翻新架噓氣之樓許起陳人話舊此後續兩書

所以復作也但如賓豈有並尊抑後來更難居上屈我瀟湘之位尚費推敲讓人金玉之緣終留缺陷且也大君已逝未覲合巹以承歡伯姊云亡莫試如簧之故智吁其甚矣憾如之何於技癢續貂情殷付驥翻靈河之案須教玉去金來雪孽海之冤直欲黛先釵後宜家宜室奉壽考於百年使詐使僉轉炎涼於一瞬大觀園裏多閒如意之花榮國府中咸享太平之福與其另營結構何如曲就剪裁操獨運之斧斤移花接木填盡頭之卯壑轉路回峯換他結局收場

笑當破涕莫盡傷心恨事創亦因仍云爾嘉慶己卯重陽前三日歸鋤子序於三時定羌幕齋

犀脊山樵序曰稗官者流卮言日出而近日世人所膾炙於口者莫如紅樓夢一書其詞甚顯其旨甚微誠爲天地間最最妙之文竊謂無能重續者不圖歸鋤子復有此洋洋灑灑四十八回之作也余在京師時嘗見過紅樓夢元本祇八十回叙至金玉聯姻黛玉謝世而止今世所傳一百二十回之文不知誰何傖父續成者也原書金玉聯姻非出自賈母王夫

人之意蓋奉元妃之命寶玉無可如何而就之黛玉因此抑鬱而亡亦未有以釵冒黛之説不知傖父何故强爲此如鬼如蜮之事此真别有肺腸令人見之欲嘔歸鋤子乃從新舊接續之處截斷橫流獨出機杼結撰此書以快讀者之心以悦讀者之目余因之而重有感矣夫前書乃不得志於時者之所爲也榮府羣豔以王夫人爲主乃王夫人意中則以寶釵爲淑女而襲人爲良婢也而寶釵有先姦後娶之譏襲人首導寶玉以淫是淑者不淑而良者不良譬諸人主所謂忠者不忠賢者

不賢也又王夫人意中疑黛玉與寶玉有私而晴雯以妖媚惑主乃黛玉臨終有我身乾淨之言晴雯臨終有悔不當初之語是私固無私惑亦未惑譬諸人臣所謂忠而見疑信而被謗也歸鋤子有感於此故為之雪其冤而補其闕務令黛玉正位中宮而晴雯左右輔弼以一吐其胸中鬱鬱不平之氣斯真鍊石補天之妙手也其他如香菱鴛鴦玉釧小紅萬兒齡官一切實命不猶之人慈悲普度俾世間更無一怨曠之嗟此元人所云願天下有情人都成眷屬即聖賢所云王如好色與百姓

同之者也前書事事缺陷此書事事圓滿快心悅目孰有過於此乎犀脊山樵序

歸鋤子著按歸鋤子姓名未詳攷自序有後續兩書所以復作及嘉慶己卯序於三時定羌幕齋語第一回有是年館塞北語是其人曾在塞北戎幕而是書則作於嘉慶二十四年在後紅樓夢續紅樓夢之後也書從原書第九十八回敘起言黛玉昏暈後神遊太虛幻境旋即蘇甦深悟從前癡情心境開曠病體日見復元初黛玉有族叔為如海父教養成人

生一子兼桃如海官至廣東布政使卒於任所其妻攜子回籍追念恩情遣人迎黛玉回揚州諸姊妹設宴於瀟湘館聯句餞行紫鵑以病留寶玉既娶寶釵猶以為黛玉也審視是非窮詰襲人以已死對寶玉痛哭幾暈絶未幾病少瘥嘗奠於瀟湘館作文哭祭之鳳姐幸黛玉之已去欲始終以黛死瞞寶玉賈母強許之秋鄉試寶玉中式第五名舉人賈母設家宴慶賀寶玉潛逃至大荒山獲玉於青硬峯下遂削髮為僧一日偕柳湘蓮騎鶴至南京寶玉以為揚州

也訪林府誤入甄寶玉家以情告甄甄遣人代為作伐而黛玉已焚香禮佛婉詞謝之甄乃勸寶玉隨己北上另請媒妁寶玉以玉授甄囑其代呈父母持玉求請且矢之曰玉不南來己亦不北返也初寶玉為僧以舊衣寄家寶釵悲憤以金鎖投爐火焚之為婢偕灰棄去寶釵旋卒後金鎖為石獃子所得夢其父囑往揚州質當適林家寶聚典開市果質得千金黛玉嬸母亦夢老人告以金鎖可定黛玉婚姻至是甄謁賈母等以玉進且道其詳鳳姐追悔前罪自願持玉攜紫

鵑赴揚作氷上人善為説辭於是以玉銷互換作定適應嘉言其事於北靜王王奏聞命王為媒鳳姐乃至南京攜寶玉歸黛玉亦乘舟赴京寶玉以第七名進士殿試第三賜即在省親別墅成親送入瀟湘館洞房諸姊妹作詩賀之初晴雯病危吳桂兒以為已死也草草棺殮亟抬往城外焚化而晴雯忽蘇羣驚遁其地為紫檀堡吳桂兒有叔在彼務農扶雯晴歸調護備至蔣玉函遣人求婚晴雯以死拒而止至是寶玉同日納紫鵑晴雯瀟湘館發現藏金一

千三百萬金有文曰林黛玉收蓋黛玉眼淚流入恨海衝擊而成此物也黛玉分發諸族人營業以遠近為等差並置祭田義莊等事南韶道張家有女曰寶釵面目與薛同以病卒薛借以返魂賈母遣媒為寶玉娶之仍居蘅蕪院黛玉乃以金鎖歸寶釵寶黛之成婚也鶯兒憤服輕粉遇救不死寶玉為僧襲人出府嫁蔣玉函玉函見茜香羅巾知為襲人急送還家至是寶玉同日納鶯兒襲人與紫鵑晴雯同居怡紅院王夫人認鴛鴦玉釧為女以鴛鴦嫁甄寶玉以玉釧嫁甄之

族入賈環彩雲賈薔齡官賈芸小紅焙茗萬兒悉成有情眷屬孫紹祖夢神入指示與迎春和好入畫隨惜春焚修於櫳翠菴芳官改名蓮貞亦由水月菴移居妙玉走火入魔惜春以藥敷其面俾毀容而定性寳玉建半仙閣於庵前以賞梅五兒四兒仍入園伺候掐諸女伶回梨香院延羽士超度尤三姐金釧兒司棋智能先是有道入贈寳玉太虛幻影鑑能照亡人請捐建太虛宮寳玉每思寳釵即取照之旋失去至是乃建宮於清虛觀側定材鳩工云有神助故所塑諸像均與諸女神似云

解盦居士稱翻案諸作此爲第一吾云亦然然寶黛爲木石姻緣質鎖作定大可刪去眼淚化金尤屬無理至於通體口吻與原書逼肖可謂善於摹仿者矣

桐鄉陸敬安以湉冷廬雜識云周芸皐觀察內自訟齋集載朝鮮安儀周事甚奇其略云儀周名岐從貢使入都偶於書肆見抄本書不可句讀以數十錢購歸細玩之解乃前人窖金地下錄其數與藏處皆隱語徧視京都惟明國公屋宇房舍似之即世所稱大觀園也乃求見明公曰公日用以千萬計

度支將不給願假金十萬不問所之三年還報因指所坐室柱曰發此磚可得金如數公笑命具畚牐獲如所言遂付之去至天津業鹽為商三年還謁曰幸不辱命息三倍公曰是亦不足供吾用願再為我謀無已則假金百萬公笑曰安得發地再得之儀周起請徧觀諸室至寢門内曰是可得發而與之乃至揚州為商三年報曰倍之俟公取用公曰其再經營之又十餘年儀周老辭歸國公留與飲食曰若異人有異術曰非也岐得異書知藏金處請為公盡言之因一一指其處公曰若不需耶曰此公

物天以與公者仗公福已得贏餘足自給拜公賜矣儀周好賓客濟貧困多豪舉富收藏盡以書畫歸國子孫留者為安氏按此則歸鋤子紅樓夢補謂黛玉得藏金於瀟湘館亦自有本

紅樓圓夢四卷三十回　上海石印本

六如裔孫序曰世之閱前夢者莫不感寶黛之鍾情而願其成眷屬焉豈獨閱者之心如是即原其寶黛之心亦未嘗不以將來之必成佳偶也及見黛玉身死寶玉出家無不廢卷而太息誠古今之恨事也茲得長白臨鶴山人所作圓夢一書令黛玉復生寶玉還家成爲夫婦使天下有情人卒成眷屬不亦快哉且前傳之所不平者無不大快人心至於文采之陸離詞意之纏綿尤與前傳稱雙絶因亟付手民以公於世之有情者是爲序光緒丁

酉年春三月六如裔孫

不署作者姓氏按六如裔孫序稱爲長白臨鶴山人所作又按卷首楔子稱作者少年號了了後改號夢夢先生書言賈政葬母返京升任京堂賈赦病死寶釵經理家務以節省爲名遣散諸婢時碧痕已患水臌病乃命麝月嫁錢啟秋紋嫁鋤藥雪雁嫁李貴春燕亦放出嫁八五兒偕母南旋至揚州住管理林氏祠堂王元家芳官與五兒同行將至仙女廟借宿與林氏之竹林庵適妙玉尸解後住持於此告以黛玉將回生遣人送芳

官至林氏祠堂黛玉墓在祠側忽白鼠無數爬開墳墓掀起棺蓋黛玉口吐絳珠而甦身旁大小珠約十萬八千餘顆皆平惜淚珠所化五兒等遂送黛玉至庵妙玉乃以庵事畀芳官而去有西人望氣而来求觀異寶黛玉以珠示之西人一一指其名其形如半截葫蘆者為彼國龍華塔鎮塔念珠願以重價得之黛玉即舉以相贈西人乃以洋行資本二十萬金及甘泉山石倉米十萬石為酬當黛玉之回生也遣王元進京送信賈政命紫鵑雪雁往接會大風雨荷花蕩決口庵以蛛珠獲免賈政奉

命勘災放賑修理堤工黛玉以米助賑初寶玉隨僧道至廬山竹隱寺為僧至是給寶玉息壤助政修堤時甄應嘉為兩江總督奏聞詔封黛玉為淑惠郡主賞與北郡王太妃為女妥為擇配升賈政為兵部尚書寶玉為內閣學士封子爵黛玉表辭皇上詢諸北郡王得寶釵頂替狀勅令大歸賜寶黛在揚完姻於是寶黛成親於林公祠黛玉為寶玉納紫鵑芳官五兒為妾時蕊官送藥官藕官柩來揚黛玉命住持竹林菴遂回京入覲為寶釵乞恩許之封淑人仍接歸重修大觀園同

居又為寶玉納四兒玉釧鶯兒為妾建芙蓉祠於綴錦閣上以祀晴雯晴雯給寶玉信香以遂幽會未幾鹽梟屯聚滄州串通海盜鮑二等將作亂賄長蘆運使趙全關吏李十偷放米石火藥出洋命寶玉前往密查辦理滄州鎮總兵史鼎派兵潛隨晴薛蝌官分州柳湘蓮奉師命來救晴雯亦請姽嫿神兵暗助殺斃梟匪多名事平入奏寶玉晉封一等侯升兵部侍郎林晴雯封為貞敏仙姑餘升賞有差趙全革職查抄鮑二李十梟首示衆初惜春繪觀音像甄妃愛而攜去迨甄妃

卒皇上檢點遺物獲像知爲元妃妹手筆乃召入宮改名仲春
爲仲妃寶玉旋拜浙江巡撫之命攜紫鵑四兒同往抵任後查
悉浙米大袋出洋嚴行封禁黛玉攜芳官五兒赴浙行抵天妃
閘夢天妃授以五雷正法又命曹娥授芳官以馬祖棍法 至揚
州詣如海墓拜祭初甄士隱去後遺二婢嬌梨嬌杏嬌杏既
嫁賈雨村封氏僅有嬌梨相伴有傳士隱在揚者封 氏往尋
竟病歿寓中嬌梨賣身營葬誤入五福堂會如海至儀徵開
壩鹽商召妓入侍 如海獨愛嬌梨爲之梳櫳遂有 娠如海擢

敗官聲不敢攜歸乃函贈千金使彼贖身勝以蒼龍珮囑生男即名絳玉迨絳玉生而如海已卒嬌梨撫孤讀書至絳玉發始悉如海墓所絳玉展拜題詩墓樹至是爲黛玉所見尋獲絳玉嬌梨又以如海遺書付之有是頁禁衣何草爲宜字果於題襟館荷花缸下獲黄白藏金十鐔遂攜絳玉母子如杭黛玉嘗游湖見二女子擅走索跑馬諸技即香憐玉愛後身也仍舊名黛玉以金贖歸爲婢仲妃製繡幢一對將供奉普陀會寶玉巡察海面遂親身齎往時海盜鑽天龍能佈黑霧

自稱黑霧大王其妻白雲夫人亦有妖術圍攻寶玉於柘寶山總兵柳湘蓮戰敗墮水提督馮紫烟来援盜始停攻晴雯告急於黛玉黛玉乃率芳官五兒香玉愛飛舟往救以掌心雷連破黑霧妖法五兒隱身以袖弩射中其左目白雲以妖法来救芳官用分身法敗之當湘蓮之墮水也浮至岸上遇尤奇等得悉黑霧好色狀使奇告知寶玉遂命香憐玉愛偽爲投降媚之以色醉之以酒五兒仍用分身法斬其首乘勝至白雲營以袖弩射殺之黑霧青霞有文武才即前書能詩之

真真國女子也屯下灣誓師爲兄復仇官軍戰不利會投降女賊醉金剛之女和兒言其事賓玉作詩挑之青霞自縊死晴雯命鴛鴦借體而生遂率衆輸誠事聞賓玉晉封定國公升尚書加少師黛玉加封爲宣文定武淑惠公主蔭子定海侯芳官五兒封淑人青霞封恭人賞與賓玉爲妾有貧女金釧兒以生有金釧在臂得名即金釧後身也其姨母令其裸體種罌粟泣不從欲投井死黛玉憐而攜歸賓玉撫之釧隨手下亦納爲妾賈政七十雙壽皇上率仲妃親臨祝之政分析財

庭與寶玉等時政已拜文華殿大學士以老病辭優詔允許加太師命寶玉升補大學士賈蘭升補尚書賈璉升補侍郎初賈環與忠順王三阿哥及賈芸等花賭於龔人家三阿哥大負以玉龍佩為押品王遣長史来索政撻環幾死小紅使墜兒盜蝦鬚鐲與賈芸亦為環所得王善保家令環稱係平兒贈芸之物小紅自首王善保家發淨軍所當差墜兒遂出配人小紅免究令芸娶為妻黛玉又為環納彩雲後通州王氏有寄女即青兒也環貪其富逐彩雲入贅王家彩雲隨蕊官為

尼環旋以誤服犀黄死無子蔣琪有徒曰馮小憐薛蟠與之狎使来家居住寶蟾通之爲蟠所見小憐遂與寶蟾潛逃蟠向琪索人琪乃以茜香羅巾自縊死襲人仍投賈府寶釵勸寶玉納之寶玉以霞水爲辭又命襲人卧己床以誘寶玉仍不可黛玉命襲人守芙蓉祠襲人又乘寶玉午睡欲裸而就焉晴雯棄其小衣痛撻之後蟠將赴蝌天津任所道經稠桑驛張三子以碗片擊鷹誤傷蟠頂門死仲春既入宫薛姨媽遂居櫳翠庵巧姐嘗夢鳳姐在陰曹受罪處求晴雯爲之解

釋孫紹祖製四脚貂褌銅皮女鞋以肆淫虐北郡王奏聞奉旨查抄革職發往新疆効力並以禮改葬迎春湘雲壻爲甄士隱度去偶動凡心命其再莅塵世改姓名曰甄繼後中狀元尤奇有妹曰柳兒三姐後身也湘蓮聘爲妻後湘蓮以平海盜功升浙江提督賜完姻賈雨村歿後有女曰佛喜智能後身也絳玉爲秦鍾後身見而愛之黛玉爲絳玉娶焉後絳玉中採花又納香憐玉愛爲妾尚珠爲瑞珠之後身有膂力賣詩湖上絳玉奇之令隨湘蓮習武後以平海盜功賞

武進士後中武探花賈珍以寶珠妻之官至九門提督珍蓉相繼死蓉繼薔之子為子尚幼賴其周助焉潘又安再世為蔣瑤官為琪之堂弟亦習優寶玉贖歸為僕司棋再世為金文翔女奕仙寶玉命配為夫婦又命焙茗娶萬兒為妻寶玉以婚姻願遂重修月老祠有道士醉歌以無花神閣為辭寶玉命繪神像於壁頃刻而就乃建閣花朝日閣成晴雯奉上帝命會同英烈催花使姽嫿貞烈催花使張金哥封賈母為正月花神迎春為二月花神元春為三月花神藥官

爲四月花神鳳姐爲五月花神藕官爲六月花神香菱爲七月花神鴛鴦爲八月花神二姐爲九月花神蕊官爲十月花神可卿爲十一月花神劉老老爲十二月花神又以十二釵正副冊示襲人蓋列正冊者爲晴雯黛玉寶釵紫鵑花芳芳官改名柳婉五兒改名青霞釧兒玉釧絳雲四兒改名鶯兒襲人副冊則仲妃湘雲寶琴岫烟探春李紈李紋李綺平兒巧姐柳兒佛喜也是書楔子稱作於復夢續夢後夢重夢之後解盦居士論翻案諸作列此書於再次然眼淚化珠鮫人無異五雷正

法左道忘談雪芹見之莞爾一笑惟黛玉為寳釵乞恩命襲人守祠處置得宜實獲我心耳

新石頭記四卷四十回　上海改良小說社排印本　上海南方報附刊不全

南海吳沃堯著按吳字趼人別號我佛山人荷屋中丞孫也書言寶玉隨大士真人至青埂峯結庵苦修不知幾千百年忽動補天志願蓄髮下山避雨於玉霄宮遇焙茗至金陵尋榮國府不獲乃趁輪船至上海遇薛蟠晤吳伯惠赴製造局購書徧觀諸廠從伯惠習英文會京師拳匪起王威兒招蟠入黨未幾寶玉亦進京拳匪敗蟠走長新店之自由村寶玉回上海伯惠將有事於武昌寶玉從之行聽某學

堂監督演說寶玉駁其議誣以拳匪餘黨下獄欲殺之賴伯惠
救得免同返上海會蟠有書招之遂乘輪船行抵烟台下船
遊泰山謁孔林將往歷山遇盜箭中焙茗肩化為木雕仙童
像寶玉入文明境境分五大部每大部分四小部每小部分十
萬區每區一百方里以東方文明先生所建置故名遇少年
寓第一旅館有驗性質房入境者醫生以鏡測驗文明者留
之野蠻者改良之過甚者逐出境每區有總廚屆時由食管
分送飲食用化學取其精液以免不化之弊司時器按肺管之

呼吸以軟皮製成人形至時刻分則報之廢二十四小時地火燈不用煤取地火為之有明暗表欲明則上推欲暗則下推自来水管以玻璃為之惡銅鐵之不潔也出門則乘飛車可省修路經費能造四時之氣使和藹無寒熱病者入驗病所有驗全體鏡有驗部分鏡病者居受藥室製藥取對症藥蒸為汽由汽管灌入藥室病者呼吸受藥汽即愈有藥園禽獸水族草木諸類悉備入水師學堂參觀講堂容五萬人有助聰筒可以聽遠有助明鏡可以視遠觀海操戰船可沈可浮砲以船

身爲之首尾各一口門發之無聲曰無聲電氣砲有透遠鏡可見隔金物有透水鏡可見水中物又有無線電話乘獵車園以障形軟玻璃內可見外外不能見內色隨天變舒卷自如有引禽自治至機發音如小鳥引鳥自投入車有獵網以白金絲爲之有不仁藥數彈以擊鳥鳥死獲大鵬登藏書樓觀五洲古今書籍入寶藏進珍珠倉大者如橙柚歷珊瑚林高者十丈升聚寶堂以寶石爲之至聚光室拍像不用藥水洗面目衣服之顏色均不改乘海底臘艇如鯨魚形可沈可浮如戰船鋼

板内刚而外柔，撥發亮機，船身電火悉發，光明如畫。塗軟瓷以隔電，俾船中人無觸電之虞。外罩透光軟玻璃，大致與障形軟玻璃同。獲海馬、人魚、偽賊、海鰌及冰貂，又獲浮珊瑚、寒翠石，由冰海至旋渦，歷海隧而還。乘飛車至冬景花園，雪以釀而成。乘無軌電車，由地道行，名曰隧車。遊製衣廠，衣皆無縫，水靴廠著之，可行水上。觀陸軍大操，有飛車隊，有玻璃砲，無聲無烟，且無藥彈，純以電氣爲之。寶玉倦遊，訪東方先生，既晤，始知即甄寶玉也。寶玉以補天之願已後，東方遂以通靈寶玉贈老少年，隨東方何自由村而去老少年攜寶玉乘飛車誤落於靈臺方寸山斜月三星洞前化怪石有文字老少年乃演為小説名曰新石頭記云余按是書從譯本回頭看等書脱胎與紅樓無涉作者為賣文家欲其書出版風行故紅樓之名以取悦於流俗然少年讀之可以油然生愛國自强之心固非毫無價值者初附刊於南方報未完而報館封閉後由改良小説社排印始完全出版至老少年則作者自謂也

新石頭記二卷十回　上海小説進步社排印本

原題南武野蠻著按南武野蠻姓名未詳書言寶玉叩别賈政後隨僧道至揚州居黛山林子洞倚壁而卧不知幾十百年一日爲柳湘蓮驚醒蓋湘蓮剪髮改裝在英留學勸寶玉亦改易裝服並道黛玉近事初黛玉病危鳳姐移送於櫳翠菴並以已死誑寶玉黛玉病愈欲爲尼妙玉勸其西渡游學黛玉乃返揚州拜哭於父母柩前昏暈良久始醒安葬雙親由揚州學界保証出洋在歐美游學多年曾

美國真真女子在日本創環球大同女子學堂聘黛玉為教習擬年假回國於是寶玉欲採訪黛玉適得湖北籤捐票頭彩遂贈湘蓮多金同至上海湘蓮出洋寶玉尋黛玉不得時賴尚榮知上海事乃往拜告以故賴行文各學界查覓仍不得鋤藥亦在縣署備言寶釵已死桂哥兒已中進士未幾鋤藥乘人力車誤碰電車受傷死寶玉乃乘趁二辰丸東渡至富士山晤黛玉黛玉勸其入東京帝國大學校為文科留學生久之賈蘭以外務部侍郎為駐日欽使賈桂為禁

煙大臣同莅日本桂以情具本請旨皇帝嘉其棄家留學
賞編修與黛玉在東完姻大學校總長山川健二郎亦入
奏明治賜婚費萬金寶星二串當時咸豔稱之是書無
甚精彩又遜我佛山人之作矣

懺玉樓叢書提要　二

懺玉樓叢書提要　書目卷二

盱眙吳克岐軒丞輯

紅樓夢賦一卷　上海重刻石頭記評贊本附刊

沈謙自敘曰紅樓夢賦二十首嘉慶己巳年作時則孩兒綳倒綳官貢歸退鷁不飛縮龍誰掇破衫如葉枯管無花馮驩之歌彈有三疊董父之布墜欲再登遂乃衣硯爲田遷書就榻屋梁落月山頂望雲感友朋之萍逢負妻子之鶴望鍾儀君子猶操土音莊舃鄙人不忘鄉語荒涼徙倚塊獨寡

偕悁結獮深鬱伊未釋爰假紅樓夢閱之以消長日夫其鶯花叢裏螺黛天邊星晚露初晴朝雨夕平臺茗約小院棋談披家慶之圖紅褌錦髻赴仙庭之會檀板雲璈蓮葉嘗来好添食譜鸚哥喚起都雜詩聲不料駒隙易過螢光如燗残花頻落僵柳難扶子夜魂銷丁簾影寂舞館歌臺之地日月一瓢脂匳粉碓之場烟霞十斛此又盛衰之理古今同慨矣於焉沁愁入紙擇雅闖題鄉寓温柔文成游戲仿冬郎之體伸秋士之悲顰效西施記同北里渾忘綺

懺聊慰蓬樓未嘗不坦然自怡悠然自解也顧或謂琵琶曲苦托恨事於趙家蝴蝶夢酣契寓言於莊叟自来稗官小說半皆佛門泡電海市樓臺必欲鋪藻摛文尋聲察影毋乃作膠柱之鼓契船之求也乎況復側豔不莊牢愁益固仲宣體弱元子聲雌既唐突之可嫌亦輕俗之見誚竊恐侍郎試罷未必降階倉父成時適以覆瓮耳然而枯魚窮鳥寓旨遥深翠羽明璫選詞綺麗借神仙眷屬結文字因緣氣愧淩雲原不期乎楊意門迎倒屣敢相賞於李谿

卽道光二年

弄倒偏絃握餘嘶筆因風屈體難堪竹葉笑人破夢吹香卻被梅花惱我道光壬午中秋前十日青士沈謙自敘於京寓之留香書塾

何鏞敘曰除是蠹魚不解相思紅豆尚非木石都知寫恨烏絲誦王建之宮詞未必終為情死效徐陵之豔體何嘗遽作浪遊李學士之清狂猶詠名花傾國屈大夫之孤憤亦云香草美人而況假假真真喚醒紅樓噩夢空空色色幻成碧落奇緣何妨借題以發揮藉吐才人之塊壘於是描來幻境比

宋玉之寓言話到閨遊寫韓憑之變相花魂葬送紅雨春歸詩社聯吟句棠秋老品從鹿女陸鴻漸之茶經啼到猿公張若虛之詞格賞雪則佳人割肉獸炭雲烘乞梅則公子多情雀裘霞映侍兒妙手滅針迹於無痕貧女孤身痛衣香之已盡眠酣踏綠襯合羣芳壽上怡紅邀来衆豔生憐薄命懷故國以羶眉事欲翻新洗人間之俗耳鬬尖义之險韻鶴瘦寒唐繪閨閣之閒情魚肥秋澂丹維句博天上月共証素心翠劚紅鞱鏡中緣只餘灰刼無花不幻空歸環珮之魂有子能詩聊繼縹

緗之業凡此駢四儷六妝成七寶之樓是真必二寡雙種得三珠之樹而乃八口之膾炙未徧賦氣之燔灼旋來簡汗方枯不見標題之跡璧完猶在亦闕文字之緣爰付手民重為壽世凡諸心賞莫笑癡人光緒二年太歲在柔兆困敦清和上澣山陰何鏞桂笙氏書於申江旅次

蕭山沈謙著按沈字青士後改名錫庚懷才不遇以諸生終賦凡二十首曰賈寶玉夢遊太虛境曰滴翠亭撲蝶曰葬花曰海棠結社曰櫳翠菴品茶曰秋夜製風雨詞曰蘆雪

亭賞雪曰雪裏折紅梅曰病補孔雀裘曰邢岫烟典衣曰醉眠芍藥茵曰怡紅院開夜宴曰見土物思鄉曰中秋夜品笛桂花陰曰凹晶館月夜聯句曰四美釣魚曰瀟湘館聽琴曰焚稿斷癡情曰月夜感幽魂曰稻香村課子胎息六朝爐冶唐宋久已膾炙人口無待贅言世所傳者石頭記評贊附刊本何桂笙重刻本西園主人本事詩自序謂王小松公子亦有刻本余見之見也

紅樓文庫一卷

朱作霖自序曰世有非要之事而孜孜於是且著爲文者乎則若何曾食疏崔浩食經皇甫嵩醉鄉日月竇苹酒譜陸羽茶經皆是也然皆飲食之經似不可廢又如李翺五本經柳宗直樗蒱志房千里葉子落格是誠無益要足擴其見聞至劉原父以漢官儀爲彩選則將使後生識家儀制又不得爲無益也他若段古髻鬟品張泌妝樓記韓渥北里志猥矣而亦見一時風尚且爲實事可資談柄在風流人豪或

有取焉獨未有說僅列於虞初事且托之夢幻乃又從而為之辭如余所為之紅樓文選者然而予之為此也亦由久處窮約百事無成又世方多故違進取意居平無可娛惟此詞章之學少好之而不能釋故凡宏篇鉅製時復斐然及念去冬曾撰田叟一傳雖寓言然合史公游俠貨殖二傳旁及武帝本紀之餘意以自寄慨者乃嘗出以示人識者固不少要多如郭洗馬之頹曲但言佳而不知所以佳者至於從旁非笑橫加訾議者又不知凡幾嗚呼筆墨之賤既至於此

是亦可以無作矣是因入春以来縱不少撰述而行住坐卧往往不適非特境遇少佳亦痛識者之不易也計無復之妄欲屏棄經史日閱稗官家言一二卷聊以耗壯心煞風景遂於友人處借得紅樓夢小說一種流覽之餘又似有所感觸因復選題命筆凡得詩文若干顔曰紅樓文庫此固如癡人說夢仍宜為賢人君子所不屑稱惟例以博奕猶賢之旨庶尚非無所用心歟昔韓退之嘗謂箋爾雅虫魚者必非磊落人病其纖也余素伉爽而此作則病其纖而且蹈

於空亦曰為其鉅者而罕當不如纖之而已蹈於空而又不能如人意況實者乎至其題（類）尚多而限之以此者亦以興盡而止所以自適非真役於夢也編成仍自點定綴數言誌緣起云咸豐四年閼逢攝提格律中中呂雨蒼朱作霖自序

周南題詞曰廊廟山林俱大好鳳樓何似選樓高看君猛擲生花筆雪浪橫飛墨海濤斯事何從得解人悼紅作記枉勞神不圖齋閣消閒語能慰千秋曹雪芹曾聽君談紅樓夢殊無一字常語我也棲遲江海上頻年玉楮倦雕鏤却因綺語通禪悅桃

郎咸豐四年

梗泥人也點頭甲寅夏五中澣乙卯教弟周南題於碧广於時大醉讀是編已灑然以醒

馬元題詞曰浩氣縱橫苦剪裁溫公四六或非才偏君又灑生花筆心血多人幾斗来紅樓文仿選樓文帝子維摩有替人我喜月長初睡醒聽君說夢一編新甲寅小暑後二日教弟馬元德朗讀數過并題

潘瑩題詞曰一編骷體案頭橫便是無情也有情我欲鈍根求少許誤人多半為聰明有有無無筆應傳鏡花參破

美人禪看他滿紙春情鬧也是南華第二篇咸豐甲寅小春既望枕書潘瑩題

相林（姓名未詳）題詞曰夢裏悲歡秋復春色空空色演成陳燦花筆寫空花夢原是誰摩舊色身雪膚花貌集紅樓誰占諸芳第一籌今日短長歸玉尺一編評夢貫千秋一枕遊仙入夢初青埂頑石幻成書樓中幾輩同酣夢贏得才人賦大虛瀟湘缺陷最難填夢覺還登離恨天慨自誄蓉成讖後祭文銘誌待君宣翰墨多君夙擅場課虛叩

寂盡文章笑儂說夢差同嗜倩遣浮生夢境長（見小說新報第七期補白）

承萼（姓名未詳）題詞曰疑假疑真總可憐誰將缺陷補情天借君夢裏生花筆寫出三生未了緣綺習消除慧業留華嚴法界証前修天花滿紙繽紛下頑石如何不點頭美人情性才人筆莫作尋常楮墨看若使花魂呼得醒一齊含笑拜騷壇浮生大抵夢中過萬紫千紅一剎那我亦有樓歸未得那堪往事喚春婆（仝上）

古箬山人總評曰高摘屈宋豔濃薰班馬香實無聊之思

亦有為而作借題發揮惟妙惟肖才人之用心可愛亦可憫也與嶺南梅孝廉紅樓夢贊異曲同工更足補其所未備僕向欲細評紅樓加以論贊匆匆未果今讀是編實獲我心後有暇日當更補篇中所未備焉嗟乎天下何一非夢知其為夢固不妨夢中說夢也姑留與醒眼人觀之丁卯嘉平月之既望古若山人題於古若山房南牖下

原題維摩舊色身雨蒼珠作霖外編從毘陵李定夷小說新報中錄出凡雜文三十一首雜詩三十七首古若山人稱其

高摘屈宋豔濃薰班馬香借題發揮惟妙惟肖與嶺南梅孝廉紅樓夢贊異曲同工梅氏贊余未之見究未知與涂氏奚若也雨蒼江蘇南滙人諸生著有怡雲吟館詩文稿雜俎墨塵若干卷

紅樓夢後序一卷　晒書浴硯室本

林夢柟跋曰：右紅樓夢後序一卷，同年友樂成蔡君子蘁作也。君少負雋才，屢爲宗匠所激賞，前後學使如侍郎南海羅公、吳縣吳公、尚書昆明趙文恪公，俱許爲國士，趙公又舉充拔萃科。顧久困棘闈，壯歲以還，始登乙科，一上春官報罷，遂絶意進取，家居授徒，蕭然有以自得。性沈默簡易，與物無競，而余尤稱莫逆，每相見欣然把臂，講論文藝，從容竟日。不幸年逾四十，遽嬰疾以殁。嘗欲裒其遺文，都爲一集，而遺孫沖幼莫可諮訪君生平又多不自留稾故僅有存者駢體文古藻新意追蹤徐庾此敘為其少年手筆君嘗自謂游戲之作無當大雅然其屬辭比事騁秘抽妍政自不媿才人吐屬永嘉葉君峩士蓉樓昆玉金君小圃皆高第弟子悼其師之失傳將以此敘付之剞劂俾吉光片羽流播藝林余與君投分尤厚因其文思其人感念疇昔輙不禁風流頓盡之歎爰摭君之生平約略書之以附於後云

即光緒六年

光緒庚辰十月年小弟瑞安林夢楠謹識

樂清蔡保東著按蔡字子蘆清　舉人家貧以課徒自給多所造就工駢體追蹤徐庚此卷爲君少年游戲之之作凡四千零六字能將紅樓夢全部事迹删繁就簡撮舉其要可謂極文人之能事矣彼　桃花扇後序又曷能專美於前耶

紅樓夢論賛一卷　毘陵紅藕花盦石頭記集評本附刊

邱登序曰天地是一情氣結成日月星辰山川動植是一情象孕成古今上下是一情界合成豎儒罔識情之為用徒以經濟文章為真而以風花雪月為假庸詎知天地之風花、雪月即天地之經濟文章人世之經濟文章即人世之風花雪月一而二二而一認真認假人自豐其蔀耳然情不可滯亦情不可流作書者亦憂之不得已於情界中談一上天下地未有之人撰一上天下地未有之文而欲於情字極其奇遂不嫌於情字幻其想而紅樓夢以作讀是書者徧天下矣而其用情之微卒無人窺焉者桂林涂鐵綸孝廉瀛深情人也嗜古好學閉户不妄交鉛槧餘閒戲取而論贊之奇自翻空妙惟徵實俾知是書之作實自人情中體貼而出而非僅於兒女悲歡摸寫盡態夫然天下後乃始恍然於紅樓夢之善於言情洵為不可無一不可有二之作也彼後續者焉者惜不令祖龍一炬之道光十六年春季望後武林邱登書於桂林寓舍

何炳麟跋曰情生於才才大則情摯識長於學學博則

識高二者不可偏廢唐人云有學無才如良賈操金不能置貨有才無學如大匠無木持斧斤無所用之真善喻也蓋無才則無情無情者不可與讀天地間妙文無學則無識無識者不可與論古今來妙事紅樓夢之文天地間妙文也紅樓夢之事古今來妙事也妙文妙事必得妙人妙筆以論贊之斯其妙愈出然而難矣桂林涂鐵綸瀛妙人也幼負凱獄雞碑之異長搜金匱石室之奇天資人力各著其優舉孝廉後兩應禮部試報康遂灰志雲路閉戶著書作爲文章皆恢恢乎有

古大家神骨一日偶閱紅樓夢而好之課讀之暇爰運妙腕抒妙筆作為論贊若干首錄而成帙雖窺豹一班已足徵其儲八斗富五車也深情無限為兒女留月旦之評卓識非常借稗史顯春秋之筆才人學人固應一齊頫首矣雖然昔司馬子長才情學識冠絕千古而班固乃譏其文多牴牾鄭樵夫又詆其博雅不足惟揚子雲劉更生博極羣書方稱為良史才茫茫宇宙解人豈易索哉目論者多情耳食者全無識吾愛鐵綸才吾轉惜鐵綸遇矣是為跋古潭州梅閣何炳

麟」桂林涂瀛著按涂字鐵綸别號讀花人清　舉人江甯徐子儀鏞江夢花曉均謂其名鐵綸字香雨非是嘗館於李芸圃水部秉綬家手批紅樓夢未竣病革時猶書紅樓遺恨題用以自輓其情可謂癡絕矣是卷紅樓夢贊各一首寶玉等贊七十四首紅樓夢論後一首紅樓夢問答二十三條議論精審褒貶適宜非熟於盲左史漢曷克臻此紅藕花盦主人刋是本於石頭記集評後洵為完善之本王雪香石頭記評贊本有贊無論又誤為雪香一人手

筆他若芸居樓王氏評本徐氏排印本石印金玉緣本均有讚無論又改問答曰或問余嘗取紅藕花盒本錄之復取諸本攷其同異並錄王評本之旁評徐本之眉評以成全璧云

按梅閣裒年客桂林貧病且瞽半生奮志百憂薰心清道光甲午乙未間著吟梅閣集唐七律二卷以自抒其不己之情民國二年南海何藻排印古今文藝叢書列入第二集第三種又按是卷題何玉麟未知何時改名

石頭記評十二卷

崇川沈笠湖鍠序曰：蘭亭妙墨，永欣梁上之珍；鴻寶奇編，淮王枕中之秘。吾友張春陔侍御鈔弆石頭記評贊一帙，洞庭王雪香孝廉之所作也。石頭記一書，味美於回，秀真在骨，自成一子，陋搜神志怪之奇，不仿秘辛，軼飛燕太真之傳。其曰可讀，久而聞其香，惟目亦然，無不知其佼。耳食者方諸南柯之記，目論者訾爲北里之編，傎矣。然而齊紈蜀錦，非纂組無以絢其華；癸鼎辛彝，非攠拂無以發其澤。嶽珍川靈之藴經探幽者捫苔剔蘚而奥窔乃宣含蘤孕蕚之英得好麗者振芬揚葩而蔵蕤畢達是記也苟無雕龍之鴻藻繡虎之碩才為之刱絜抖量句櫛字比恐食蛤蜊者不知許事噉橄欖者未見可甘幾同嚼蠟遂至唐突西施誰為畫眉安得鑿開混沌雪香孝廉刳肝鏤腎殫精竭思鬱王郎斫地之才運媧皇補天之手千灘百辟莫邪歛芒五蝨六蠹韓非説難萬言脱草經營乎匠心一笑拈花領略乎妙締浮白可乎知己殺青遂作功臣斯真慧業文人靈運當先成佛前身金

栗太白定是謫仙矣春陔侍御嗜古如朐愛香成癖索從燕市詑為未見之書購之厤金願下阿難之拜珠採九曲如入武夷洞庭石註三生合是琅環秘笈固宜金鑄賈島絲繡平原盛以碧玉之幽函囊以紅羅之錦書成繭紙仿衛夫人之簪花字拓蠶眠裝虞世南之行篋僕京華舊雨廿載重逢白下秋風一尊命酌酒闌燈灺時出斯帙見示命綴言於卷首參畢得無小異願借一瓻長公但是奇才難忝三昧愧窺手寸管聊續貂以片言宜付手民鐫姊妹苕華之字休為皮相証荒

唐雲雨之詞

劍舞山中八題詞曰春陔侍御以手錄洞庭王雪香孝廉石頭記評贊見示題詞一首丹山有鳳鳴朝陽羽儀璀璨聲鏘鏘一朝諫草盡焚棄摭拾稗史非荒唐眼前僞學若蟊賊經傳緒餘稍剽竊蹠心蹠行路人知猶敢靦顏付賢哲曹家公子真風流紅樓夢比逍遥游豎儒咋舌不願讀翻以理障興戈矛洞庭王郎好才調異書到眼勤讎校奇緣參透死生關妙悟鑿開混沌竅同心喜得京兆張言歸楚澤搴蘭芷簪

花格寓棨花舌流傳不吝陽春腔藝林從此添清話詞人頫首才人拜夜頌如見悼紅情不是齋諧專誌怪吁嗟乎金陵自昔多金釵而今花月荒秦淮豎儒發難那可聽相與作偽聯朋儕攜君此卷泛烟水勿令酸風射眸子太虛境與太極同是真解人能解此劍舞山中人稿

張春陔盛藻跋曰石頭記一書描寫閨閣兒女意態如生園亭房闥器用服食歷歷如繪覽之如聞其聲如見其人是爲説部極詣洞庭王雪香孝廉取而評論之贊歎之而書中人之性情

心跡畢露家道興衰之感寓之矣如神農之著本草經其於物產之精粗美惡燥濕寒溫皆能嘗其味而辨其性如大禹之鑄鼎象物而魑魅魍魎莫能藏其姦而遁其形非斷獄之老吏寫生之妙手耶可謂作石頭記之知己可謂作讀石頭記之功臣道光壬寅癸卯間鋟板行世人爭購之咸豐間毀於兵燹見者遂罕予在京師曾在友人處借鈔評語茲來養痾白門偶出以朋好咸詫為奇文妙論因慫恿付梓亦實不敢以豐城寶劍秘之匣中耳同治甲戌（即同治十三年）十月枝江張盛藻跋

吳縣王希廉著此單行本也原名石頭記評贊無卷數蓋誤以讀花人之贊與問答為王氏一人手筆張氏重刻本又附刊大觀園圖說及評花音釋上海重刻本則又以沈青士賦盧半溪竹枝詞周綺君七律願為明鏡室主人雜記加入焉攷王氏評諸刻本均與芸居樓本同是卷頗有同異未知誰是定本余特鈔錄一通分為十二卷名曰石頭記評其與諸本異者則校注於下徐氏本之眉評亦錄之諸附刊則另行分繕為單行本僅以音釋殿焉

桐花鳳閣紅樓夢評十二卷

海甯陳其泰著其泰字琴齋別號桐花鳳閣主人清道光己亥舉八官教諭酷嗜紅樓夢謂金鎖爲寶釵僞造本此意以評全書未及付梓而殁民國二年贛甯亂定棣孫族叔逭江甯於舊書肆中購得籐花榭本有墨祿齋主人手鈔斯評爰借錄一通分爲十二卷題曰桐花鳳閣紅樓夢評夫蘅蕪謀奪瀟湘之婚所謂莽操之心路人皆知之矣若必謂僞造金鎖以冀遂其私願不免膠柱鼓瑟之見也至探春薄於

所生心久識之然醜詆無一是處未免過甚其議枕霞鴛鴦等亦有過火處蓋憫瀟湘之孤立無援不免遷怒他人耳總之二玉之婚姻使太君片言立決諒無有敢違其意者雖王夫人私於母家蘅蕪工於籠絡鳳姐巧於撮合衆人善於逢迎均無所施其計也儀徵詹石琴肇堂題紅豆村樵傳奇有句云塡詞若準春秋例首惡先誅史太君可謂實獲我心矣

悟石軒石頭記集評二卷　毘陵紅藕花盦居本

上卷獨抒己見凡八十二條曰石頭臆説下卷博採衆論凡八十三條曰石頭叢話原題解盦居士戲筆戲輯不詳其居里姓氏攷西園主人紅樓夢本事詩自序有家解盦大令語蓋與主人同姓而官知縣也卷首有紅樓夢敘一首不知何人手筆即小見大獨具隻眼爲有目共賞之作清同治　紅藕花盦主人刻是書於毘陵而以西園主人本事詩丁二齋百美吟盧半溪竹枝詞讀花人論贊四種焉

讀紅樓夢雜記一卷 自刊本附竹枝詞後 上海石頭記評贊本附刊

原題願為明鏡室主人撰姓名未詳書凡二十四條以紅樓為悟書是亦善讀紅樓者清同治七年主人刻盧半溪竹枝詞而以是卷附焉

「主人姓江名順怡安徽旌德人著有願為明鏡室詞

紅樓夢評論一卷　上海商務印書館排印靜庵文集本

靜庵文集自序曰余之研究哲學始於辛壬之間癸卯春始讀汗德之純理批評苦其不可解讀幾半而輟嗣讀叔本華之書而大好之自癸卯之夏以至甲辰之冬皆與叔本華之書為伴侶之時代也其所尤愜心者則在叔本華之知識論汗德之說得因之以上窺然於其人生哲學觀其觀察之精銳與議論之犀利亦未嘗不心怡神釋也後漸覺其有矛盾之處去夏所作紅樓夢評論其立論雖全在叔氏之立脚地然於第四章內已提

出絶大之疑問旋悟叔氏之説半出於其主觀的氣質而無關於客觀的知識此意于叔本華及尼采一文中始暢發之今歲之春復返而讀汗德之書嗣今以後將以數年之力研究汗德他日稍有所進取前説而讀之亦一快也故并諸雜文刋而行之以存此二三年間思想上之陳迹云爾光緒三十一年秋八月海甯王國維自序

海甯王國維著按王字静庵博學工文雅好音樂著有曲錄六卷爲目三千有奇其自序駢文一首置之洪北江集中幾無

以辨又喜讀西籍研究哲理著有静庵文集　卷是卷即從文集中錄出者余未從事哲理家言特錄其文集自序以備觀者

紅樓夢新評一卷

是書從黄山民小說海第一卷第一號二號中錄出原題季新著姓名未詳書言紅樓為家庭小說極詆專制之非於結婚制禮言之尤痛快淋漓然謂自由結婚非但重愛情不可則又改革禮制非合乎公理不可則又持論通達非信口開河者可比侈言新學者吾願其日誦一過也

讀石頭記雜說一卷

原題姚光石子著從白相朋友小說報第　期中錄出凡十三則

蓋雜取諸說以成之亦有中肯語

紅樓夢精義一卷　上海申報館排印癡說四種本

西農序曰：紅樓夢精義一卷，話石主人撰。主人為桐城張辛田大令猶子，積學能文，玉樓早赴，身後著述散佚，唯此帙僅存。其中皆評騭紅樓情事文法，雖游戲筆墨，而信手拈來，頭頭是道，隱微曲折，闡發無遺，直使作者言外之旨，昭然若揭。至其行文出以駢體，亦復生面別開，超超元箸，洵足與涂鐵綸、王雪香評贊並駕齊驅。昔人謂讀一書不獨讀一書，然則主人之學問，不從可見乎？其稿向藏吾友會稽馬賓侯處，賓侯工詞詞好蓄古今圖籍與余為文字交此乃乞之於莘田者卷端有其題辭云平章情濫與情痴懍懍生花筆一枝我是夢中聽說夢輸君夢醒已多時蓋深悼主人之蚤世也歲乙丑余抄諸賓侯棄置敝簏中久不省視今夏曝書忽檢得之方擬付梓行之而賓侯已歸道山矣幸秘笈之猶存思古人而不見安得不以賓侯之悼主人者悼賓侯耶詮次之餘感歎不能已已爰綴數語於後光緒三年古重陽日西農書

原題話石主人著按主人姓張安徽桐城人莘田大令猶子積

學早卒見西農序名俱未詳是卷從痴說四種中錄出凡二百七十一條其行文以駢四儷六似明史紀事本末後論比事屬辭似古事比其闡發隱微頗有新緒後附年誤八條日誤時誤地誤物誤各一條語誤十二條訂証處亦多精確洵佳製也癡說四種者清光緒三年上海申報館所排印首是卷次黃鶴樓蔣眉生雜詠次東湖酒徒觥史徐調之排律殿焉實五種而曰四種者蓋以兩雜詠為一種也

紅樓夢紀畧一卷紅樓夢廣義二卷 王氏紅樓夢圖詠附印

原題青山山農輯撰山農姓名未詳紀畧就後紅樓夢之事畧稍加刪削末段則鈔襲犀脊山樵紅樓夢補序語廣義上卷八各爲論凡七十九條下卷設爲問答以廣之凡八十條惜多掇拾讀花人論贊舊義殊少新穎之思未足饜讀者之心也

孫渠甫紅樓夢解提要一卷

原題懷琴著從吳興王均卿文濡香豔雜誌第一期中錄出懷琴姓名未著孫之名籍亦未詳書言紅樓爲明之遺民怨毒覺羅而作雖抉發隱微頗多符合而附會牽引亦復不少然較之尊林抑薛尊薛抑林累牘連篇無關大義者自有上下床之別也

紅樓夢曲釋旨一卷

是卷從成之小説叢話中錄出成之姓名未詳叢話則列入中華小説界中余因其就紅樓夢曲以推闡全書大義而篇中又有釋旨二字即以紅樓夢曲釋旨名之書言十二金釵乃作者代表世界十二種人物抉發隱微頭頭是道非深明哲理者不能道其隻字護花大某諸評本直瞠乎其後矣

石頭記索隱一卷　商務印書館排印本

蔡元培著按蔡字子民號鶴廎浙江紹興人是書截取徐柳泉之説及近人乘光舍筆記謂係影康熙間事寶玉影廢太子黛玉影朱竹垞寶釵影高江村探春影徐健庵王熙鳳影余國柱史湘雲影陳其年妙玉影姜西溟惜春影嚴蓀友寶琴影冒辟疆劉老老影湯潛庵石獃子影戴名世焦大包勇影方望溪詳引東華錄諸書及諸文集筆記以証之雖有確當處究嫌附會過甚也

紅樓夢攷 商務印書館排印本附石頭記索隱後

錢靜方著書僅五條宗俞曲園徐柳泉之說謂係影射明珠家事而不以指摘世及廢太子事爲然

紅樓夢發微二卷 見香豔雜誌第十二期

不著作者姓氏首列張某午夢堂集曹雪芹先生傳及讀紅樓夢法十二則因張傳有袁枚罷官爲之擘畫隨園語及隨園詩話有大觀園者及即吾家之隨園也語謂大觀園即隨園寶玉即袁子才而金陵十二釵則乾隆時流寓金陵諸名士也

紅樓夢釋真四卷

（上海民權出版部排印本）

湖北鄧狂言著

紅樓夢攷証一卷　上海亞東圖書館紅樓夢卷首附刻本　又胡適文存本

胡適著按胡字適之安徽績溪人留學美國以攷試優等歸國爲北京大學教員乃近世白話創作家兼演說家是書作於民國十年三月攷定於十一月又附記一則又附錄十一年一月蔡孑民石頭記索隱第六版自序一篇五月自跋二篇謂紅樓夢只前八十回爲曹雪芹自述之書雪芹名霑又字芹圃漢軍正白旗人卒於乾隆二十九年乃楝亭之孫楝亭名寅字子清又字荔軒官通政司使康熙二十九年至三十二年爲蘇

州織造三十一年至五十二年為江寧織造聖祖六次南巡寅接駕四次子二顒官郎中五十二年至五十四年為江甯織造頫官員外郎五十四年至雍正六年為江甯織造郎雪芹父也雪芹身歷繁華家道中落窮困以終無子僅遺寡妻所作

紅樓夢亦未完其後四十回則高鶚所補自序程序及引言所言鼓擔等說皆不足信高字蘭墅漢軍鑲黃旗人乾隆乙卯進士官給事中徵引詳博考核精審其醜詆王夢阮蔡孑民索隱等之附會極為痛快而蔡孑民又以焦大謾罵石獅乾淨詆其自敘之說亦極有力愚謂考証著者時代版本自是不刊之論而自敘一說實亦蹈附會之習也

紅樓夢辨三卷 上海亞東圖書館排印本

德清俞平伯著按俞爲曲園先生曾孫留學歐美是書作於民國十一年前有引論及顧頡剛序均以太長不備錄上卷論高鶚續書中卷專就原書八十回立論及八十回後之推測並討論其地與時下卷考証兩種本以外之續書附以雜論

大觀園圖說一卷

有說無圖不知何人所作王雪香評本曾附刊及之厥後石頭記評讚本徐氏石頭記本石印金玉緣本均附刊焉既無剪裁之功又鮮組織之筆僅將原書敷衍而爲之殊不足觀也

紅樓夢謚法表一卷　未刊

汪孔祥自序曰紅樓夢謚法表何爲而作謚紅樓夢中人也謚紅樓人何取乎表表章其人之賢不賢也何表乎爾賢者褒之不肖者譏之也其所褒者奈何端莊恭敬昭其美也昭其美何貴乎文以其情文相生且清貴之品也悖乎情者罔不貶所貶者何愐勤通識其質之柔也何取乎一字之謚超以衆外而仙凡間阻也何爲首乎鍾情明是書爲鍾情之書也因情生恨因恨生愁因愁成夢故將真事隱去而墮

入茫茫渺渺之幻境焉幻境從何而警必以無文字為文之正此作者之微意也謚文字者何為二十四人金釵之雙數也其貴金釵奈何書中之主閨閣之鑑也非金釵而亦謚文者何外来之閨閣也張金哥列諸閨閣何以不謚文字死難者不拘常格也閨閣之首尤三姐也奈何以其鐵中錚錚庸中佼佼為書絶無僅有之人也李紈可卿熙鳳寶釵乎况嬌杏何以不列閨閣以皆賈氏之婦也寶玉非閨閣何以謚文羣花之主情之所歸往也賈蘭何取乎爾以其反對寶玉而為

書中半主人也鴛鴦何以謚文以其與卿共為一釵也王子騰入閣於禮應謚文何為不謚異等殊榮譬諸剛烈忠懇不可以文字為貴也不得謚文字者何首乎紫鵑賈政教忠教孝雖小道不外是也終於二珠及林如海明是書為明珠而作作者情深如海也寶玉湘蓮何以列於仙侶以其入空門也入空門何取乎二八以留戀香奩者為假寶玉也侍史之首晴雯妾御之首周姨輿臺之首焦大羣婢之首柳五儀型模範不外乎是也璜大奶奶尤老娘夏金桂列諸雜八者何來路不明行匪其正

也襲人彩雲何為列諸妾御誅其心也其餘依類比附各有寓意要在有識者之善悟耳

甘泉汪孔祥著汪以東坡生日生故自號曰坡生容甫先生中裔孫也清國學生性乖僻文亦奇拙屢困於棘闈然好學多情酷嗜紅樓夢妻王氏為吾盱伯棻大令　女有同嗜焉嘗各執一卷互相討論不覺悽然淚下光緒季年與余同客滬上同余創紅樓讖法之論即手草此表未幾病攜稿歸不數月劇赴玉樓之召未及付梓惜哉茲從敝簏中搜獲自

序稿紙塗乙幾不可辨亟吮毫錄之亦聊見一斑云爾

懺玉樓叢書提要 三

懺玉樓叢書提要　書目卷三

盱眙吳克岐軒丞輯

紅樓夢竹枝詞百首一卷

毘陵紅藕花盦石頭記集評本附刊　顧爲明鏡室本　上海石頭記評贊本附刊

顧爲明鏡室主人敘曰：紅樓夢竹枝詞百首，合肥盧先駱撰。道光丙午抄自友人，喜其使事之工，措語之雅，置之篋中廿餘年，屢經兵燹，而此册無恙，豈非作者之精神有以呵護之耶？竊嘗論紅樓一書，思深旨遠，讀者未易窺其涯涘。竹枝百絕，有畫龍點睛之妙。王雪香刻本取各評贊列諸卷首，獨不見此

即同治八年

詩漁古軒改刻大板余曾以此詩寄刻工甫竣而寇至板遂燬惜哉所望之後刻者附入之幸甚同治己巳願為明鏡室主人識於西泠旅次

丁嘉琳小序曰藕華盦主人有紅樓本事詩之刻屬予校正適於姚漁衫大使處見紅樓夢竹枝詞百首藻采繽紛筆思隱括蓋端莊流麗剛健婀娜兼擅其長者惟不著姓名令人有江上丈人水邊漁父之慨豈紅樓書隱其事先生遂亦隱其名耶爰急錄之以付剞劂當可與本事詩並傳不朽云

同治九年九月下澣潞河二齋丁嘉琳謹識

合肥盧先駱著按盧字半溪是卷有三刻本一顧為明鏡室本一上海石頭記評贊重刻本一紅藕花盦本余依紅藕花盦本錄出而以他二本攷訂其同異至其詩冷嘲熱諷洞中幽微洵屬竹枝絕唱無怪膾炙人口也

紅樓夢雜詠一卷 上海申報館排印癡說四種本

平湖黄金臺著按黄字鶴樓是卷從癡說四種中錄出詩凡八十首分詠四十二人亦有清新之句

紅樓夢雜詠一卷　上海申報館排印痴説四種本

吳縣蔣如洵著按蔣字眉生是卷從痴説四種中錄出凡二百三十八首依原書次序每回一首或數首貪使事實致少新穎之思間有竊取盧半溪竹枝詞詞意處故讀者每有雖多奚爲之歎焉

大觀園影事十二詠一卷

不知何人所作，徐氏排印本、石印《金玉緣》本均附列卷首。詩清麗可誦，其詠黛玉葬花句云：「有緣玉骨歸香土，無主芳心泣暮春。」讀之尤令人淒絶。

紅樓夢題詞一卷

周綺自序曰余偶沾微恙寂坐小樓竟無消遣計適案頭有雪香夫子所評紅樓夢書試翻數卷不禁失笑蓋將人情世態寓於粉跡脂痕較諸水滸西廂尤為痛快使雪芹有知當亦引為同心也然箇中情事淋漓盡致者固多而未盡然者亦復不少戲擬十律再廣其意雖畫蛇添足而亦未嘗以假失真詩甫脫稿神倦腸枯假寐間見一古衣冠者揖余而言曰子一閨秀也弄月吟風已乖姆教而況更作紅樓夢詩

乎豈不懼吾輩貽譏哉即應之曰君之言誠是然樂而不淫哀而不傷爲國風之始如必以此詩爲瓜李之嫌較之言具彬彬而行仍昧昧奚啻相懸天壤耶言未竟人忽不見吾夢亦醒但聞桂香入幕梧葉飄風樓頭澹月撩人眉黛而已古吳女史綠君周綺自序

昭文女史周綺著按周字綠君號紫蘭主人本王氏遺腹女母夢蔡邕授以焦尾琴而生因小字琴孃隨母依舅氏舅無子愛之如己出遂姓周氏及長工韻語解音律能篆刻兼習

山水花鳥尤精小蘆雁得蕭遠生動之致蔣燕園先生賞其詩畫錄為女弟子著有擘絨餘事又精醫承其家學事母甚孝嘗刲股以愈母疾年二十許適吳縣王雪薌孝廉（希濂）閨房倡和樂可知也余從石頭記評贊本錄是卷又取芸居樓本徐氏排印本石印金玉緣本校其同異附注於眉詩凡十首蔣伯生及雪香評未免推許過當徐氏本眉評又極力詆之然黛玉焚詩一起云不辨啼痕與（淚）浪無情火斷有情根不得謂非名句也

紅樓夢本事詩七律百首一卷 毘陵紅藕花盦石頭記集評附刊

即同治九年

丁嘉琳序曰庚午秋興解盦居士談及石頭記知有同癖因出舊作百美吟就正並讀所撰石頭記集評互相發明頗得逸趣又讀其所藏西園主人紅樓本事詩一百律汪洋大篇瑰偉奇製洵乎其為可傳之作也紅樓一書為小說之祖久已不脛而走家置一編然細譯其文皆可通乎經義毋得以家常瑣事忽之乎夫易言吉凶消長之道書言福善禍淫之理詩以辨邪正禮以別等威春秋寓襃貶經天緯地亘絕古今而不謂石

頭記一編竟能包舉而無遺也賈氏之盛衰互為消長衆人之壽夭悉本善淫其中或敘淫荒或談節烈明邪正也或言宮禁或及細民判等威也至全書敘事或明或暗或曲或直無非寓襃貶之意石頭記之妙妙至於此固素所傾倒者乃西園主人能各人一詩涵泳而出之將其生平事蹟運用無痕貫串有法獨具隻眼苦用匠心作一時風月閒評為千古娥眉寫照道盡女兒情事自在風流從來才子文章無非月旦夫豈誇綺麗尚詞華云爾哉解盦居士屬予校正因綴數語簡端夢琴閣主

八二齋氏謹識

即道光六年西園主人自敘曰丙戌之冬讀紅樓夢傳奇因與謝夢池沈真夫孫鳳巢章麓樵郭笛生同學按名拈韻擬作三十六金釵本事詩以供案頭閒玩適朱宗師歲試案臨興類催租均計不及此余於次春病歸滑州藥爐湯竈之間藉以撥悶計積百日光陰共得吟成七律四十四首屈指正副又副金釵僅止三十一人而李紋姊末玉釧秋紋等詩未免因難而廢不意爲王小松公子挾云合刻於沈青士紅樓夢賦後狗尾續貂

即同治六年

深以爲恨丁卯仲夏聽鼓并門與家解脊大令談及石頭記雅有同心并出所撰石頭臆記說石頭叢話兩種以及讀花人紅樓夢贊紅樓夢問答潘容卿孝廉紅樓夢百美吟詩諸壽原司馬環花僊館外書熟讀一過自覺前之所作本事詩缺而未全只堪覆盎且係幼年游戲筆墨諸多未協因不揣江郎禿管復將李紋等三十六金釵勉力續成并添詠嬌杏侍書繡橘春燕蕙香雪雁翠縷琥珀寶蟾傻大姐邢夫人尤氏趙姨娘薛姨媽藕官柳嫂子賈珍賈芸蔣玉

函十九人並正副又副金釵賈母寶玉補遺詩以補前書不盡不實之意約計前後七律詩一百首句雖不工而裁對非易頗費苦心蓋青士之賦妙在不即不離蹈實於虛而余詩則句句徵實編集全身似覺異曲同工凡愛讀石頭記者諒必於是書有蔚菲之采矣故錄存之同治丁卯仲秋西園主人自敘於并門棉花巷瘦吟樓之西塾

即同治六年

原題西園主人著計七律一百首分詠六十三人後附金陵十二釵本事詞十二闋黛玉晴雯寶釵襲人論各一首探春辨一

首王友月素琴　謝慕萸桐仙　莫月珠惟賢　姜羽仙雲裳　王友蘭猗琴　胡蔭堂壽萱　六女史紅樓夢題詞詩二十二首胡蔭堂論紅樓夢小啟一首孜解盦居士石頭叢話有祥符家西園大令林　元配王友蘭夫人猗琴　繼配莫維賢夫人孟緻等語知主人與居士同姓名林祥符人官知縣而王莫二女史皆其妻也自序有聽鼓并門語則曾在山西候補也詩詞句句徵實頗費匠心非率爾操觚者可比論辨亦獨具隻眼不肯人云亦云諸題詞清詞麗句可諷可詠胡女史小啟尤能

小中見大警醒痴頑不少

紅樓雜詠一卷

上海朱樹鶴著按朱字進高號雲夫又號超然一鶴清光緒季年曾爲國魂報館主筆是卷即從報中錄出詩凡二十四首未知是全本否

石頭記題詞一卷 上海民權報出版部錦囊第一集本

原題海巫徐枕亞評次按徐名覺江蘇常熟人清季為民權報館主筆曾於報端廣徵石頭記題詞擇其尤者評次之錄為是卷民國二年六月刊入錦囊第一集中計許晴庵二十首翟楚林十六首沈慕韓十五首黃琴庭蕭湛華各十首張嘉樹八首陸律西尤一郎、病羊各五首陳醫隱頑鍾五供癡農樾、扶雲、李漪各四首東海三郎、竹西楊柳、宋拯蒼周竹園蕉侍草陰清廬各三首周楙、廿四橋邊客、丁年、吴養涵、市隱、凌鑄瀛、趙咸叔、虞啟徵、吴三山、洪鍾、方仁後、羅善甫、袁君樹、嚴複、無知、楊亦墨、陶樂魚各二首，下榻軒主、沈則琦、段弗初、陳宜農、孟擴、小隱、何竇書、葉叟、董鵬飛、黄二琴、淡情、情生、遯園、張傲趙、秋蝶各一首，拜林女史三首，蕊珠女史、鍾戴貞慧女士各二首，史友湘女士一首，共五十八人，詩一百九十六首，分詠紅樓四十六人，鉤心鬭角，各運靈思，枕亞評次亦甚允當，誠洋洋大觀也

徐亞枕石頭記題詞序曰：嗟嗟頑石無知，入世著千秋恨史

情天胡醉賠淚迷幾個癡人僕也呱呱墮地生帶愁根咄咄書空少稱狂士具有癡情解書中旨趣悠然遐想欲尋石上姻緣茶餘酒後手一卷以沉吟火冷香銷面孤燈而如醉憶夢影之迷離重提舊恨借墨花之燦爛為譜新聲嘗以六十闋之小詞寓十二釵之餘豔然僅就一事以咸吟殊無當全篇之大旨喁喁細響不足稱洋洋大觀也旋復北轍南轅萍蹤莫定東塗西抹筆債難償飢寒驅我已絕迹乎書成煩惱尋人更陷身於情坑三年來疑夢疑烟潘岳之鬢華漸改一腔子塡愁塡恨江郎之筆

蕊已枯豔福未修詩名已玷良自恧耳尚忍言哉今春同人等以執筆餘閒有徵詩雅興共織珊瑚之網大開翰墨之場藉以提倡風雅廣應霜鐘甚盛事也僕也不敏亦得與諸君子共步香國後塵再譜紅樓舊夢浹洵休暇佳構如雲集萬壘一新萬紙飛来色界警鐘齊響鈎心鬬角字字珠璣筆腋之狐天可補縫窺全斑之豹人各留皮羣英會罷騷壇筆豔墨香人人班宋直欲效盤古氏將三寸管鑿開混沌情天不於放他曹老兒以一拳石壓倒古今才子而僕則才盡恨

多眼生手棘借他人酒杯澆自己塊壘摩挲醉眼拂拭淚胡亂鉛黃不分皂白投来萬卷琳琅揀得幾行錦繡美人香草儘夠銷魂明日黃花定多遺憾愧我鈍工磨壁竟成瘦骨東陽防他俗子濫竽幸少化身南郭或者楓落吳江有見不逮聞之誚孰個珠遺滄海爲求而弗得之言然而彙觀傑作遐企名流眼前盡是奇才名下定無虛士所擷者精華所遺者毫髮僕固盲主司顧爲詩弟子陳醫隱老氣横秋足與少陵抗手瞿楚材騷情咽血自稱長吉嘔心他若月明腸斷沈郎

未老風情紅葉繡囊許予亦多綺思東海三郎血花獨吐拜林女史風竹不平盡作淒涼感喟之音各極沈痛淋漓之致此數子者蓋尤是卷之傑作出而為僕所心折者也君等儘多才思羣相投以瓜桃僕也未死名心亦得壽諸梨棗從此一編坐對無非詩界知音千載流傳永作詞林佳話也已見枕亞浪墨卷二

紅樓夢百詠一卷　小説叢報附刊

沈慕韓自序曰紅樓夢一書巫山雲雨半宋玉之微辭洛浦神仙亦陳留之讕語然而金釵十二迷離粉黛之場蛺蝶成雙撲朔慵酣之地尋前宵好夢被有餘溫聆昨夜清謳音猶在耳固足以騁懷寄興愜意醉心矣無如名花易瘁圓長虧鄉號溫柔天名離恨一坏黄土瘞落花于苦雨聲中十丈情絲吊宿草于斜陽影裏粉零玉隕真真之面目全非鬢影衣香盼盼之形容何在誰堪遣此人孰無情于是黒霧催詩愁雲掩夢

言廡蘭蕙動屈子之哀吟體尚香奩踵韓郎之韻事卒成百律約計千言嘔長吉之血花搜唐衢之淚雨模糊弄影可謂情裏言情惝恍膚詞直是夢中說夢

徐枕亞識曰曩者嘗於民權報端廣徵石頭記題詞一時名作如林得心折者四人焉一瞿楚材一陳醫隱一沈慕韓一許晴庵今錦囊一集行世以来久已蜚聲藝苑不才亦得附尾彰名至爲幸事今春遇楚材於上海亂離識面倍覺情長詩酒流連重温韻事詎不一月楚材復以他事去滬蕉綠櫻紅索居正

苦忽慕韓自吳淞来驅車過訪相與登樓覓醉盡竟日歡臨
行袖出近著紅樓百詠見示余受而誦之率多哀感頑豔之作
前編各揮翰藻等諸裘集衆狐兹册獨占風騷喜得管窺全
豹玩復之餘不忍釋手因請於慕韓而付刊焉　枕亞附識
沈慕韓著昔徐枕亞徵石頭記題詞擇其尤者潤色加評刊
錦囊第一集沈詩已錄十五首後獲全稿復刊入小説叢報
補白中余棄而錄之凡枕亞所易者附注於下俾讀者得覩
廬山真面目也

麗春室紅樓夢人物詠一卷

女士馬嗣梅著民國三年杭州許嘯天則華與其妻高劍華

琴女士創眉語雜誌延馬女士為編輯員是卷即從眉語第

一期中錄出也分詠紅樓十五人各八四首凡七律六十首有清

麗可誦之句惜筆力弱薄用典亦多重複有江郎才盡之態

紅樓夢傳奇題詞一卷　自刻本

自序曰惟鉅卿逍遥子者索詩于余視其目黃粱也仙枕也原夫雪芹外史曾傳樓角裁紅雲澗歸樵復奏池頭凝碧金釵十二影幻大虛玉牘三千司分薄命春山放夢劇憐夢境何多秋衣拖情深羨情場不少痴兒掩淚事果然痴慧女舒顰心何如慧甚至千紅紫塚結埋香四照三乘庵留櫳翠洒楊柳枝頭之露自反音容斷芙蓉花上之烟別尋軀殼日如觀海水正難爲手直補天石非易鍊然行間磨杵轉即成仙屠刀放下立旋作佛

彼哉佳人佳話並驅玉茗之才僕也倦客倦游聊托金荃之影嗟

嗟迷因莫證不知是果是蘭芳氣所鍾只覺如花如柳

廉塘居士題曰淵明閒情賦義山無題詩微之會真記鸞坡主

人兼而有之雋矣文人游戲筆墨自古有之不以綺而損其高

不以豔而妨其潔漫作金科玉律之規且為玩物適情之具

廉塘居士漫題

吳鼒題曰有仙語有佛語有英雄語有才子語鼒所賞皆雅

人語願與誦金經人印證吳鼒識

玉松曰二十年来士夫几于家有红楼梦一书仆心弗善也惟阅至葬花叹为深于言情亦隽亦雅矣是集一弄花飞一什亦最佳庚午九月二十日镫下玉松手记即嘉庆十五年

张问陶曰诗甚佳惜在于役匆行之际恕不借评船山顿首

吴江潘炤著按潘号鸾坡清嘉庆间官给事中工吟咏解音律好游足迹遍天下名公钜儒悉推重之钱塘袁随园称为多才子著有钓渭间杂脍乌阑誓传奇行世是卷乃题仲云涧红楼梦传奇之作原题鸾坡居士红楼梦词疑落一题字

茲特改題今名曰原情曰前夢曰聚美曰合鎖曰私計曰葬花曰釋怨曰禪戲曰扇笑曰聽雨曰補裘曰試情曰花壽曰誄花曰失玉曰焚帕曰鵑啼曰哭園曰後夢曰逃禪曰拯玉曰返魂曰煮雪曰贈金曰寄淚曰坐月曰見兄曰花悔曰剖清曰仙合曰玉圓曰勘夢凡七律三十二首多雋雅之句諸家評識已詳言之茲不復贅

紅樓夢百詠一卷

吳川林召棠著按林字芾南廣東吳川人清道光三年狀元

是卷從臨桂倪雲癯鴻桐陰清話中錄出裁對工巧凡五十韻

分咏一百八咏紅樓者斯又别創一格矣

紅樓百美詩一卷

山陰潘孚銘著按字容卿清舉人是卷從燕山孫詩樵橒餘墨偶談中錄出凡六十韻分詠一百三十人命意遣詞悉臻工穩較林芾南作遠勝然既以百美命名則賈母諸人不宜攬入自亂其例毋怪丁二齋之譏之也解盦居士石頭叢話稱其前有自敘駢體文一首後有自題七律三首此本缺如容覔得之補錄焉

紅樓夢百美吟一卷

丁嘉琳跋曰：紅樓夢不止百人，然以美者而論，則賈母、邢、王、薛姨媽、李嬸娘以及劉老老等概可不與。他如尤老娘、周姨娘、趙姨娘、多姑娘、鮑二家、費兒媳婦、周瑞女兒、旺兒媳婦皆不足以美稱。又如姽嫿將軍、真真國女及襲人之表姊妹並臻兒、小捨兒、彩兒、黑兒、彩鸞、笑兒諸小丫頭等，既無事實亦非美麗，亦悉可從畧。今擇百人詠之，知不免挂漏之譏，亦不無割愛之處，且字句多疵，屬對牽强，尤非信心之作，聊以

即同治六年

適意云爾同治丁卯九月古潞州二齋丁嘉琳並識於晉陽客次

北通州丁嘉琳著按丁字二齋別號夢琴閣主人清同治間官知縣紅蘊花盦主人附刊是卷於西園主人本事詩後凡五言排律五十韻僅取美者百人詠之解盦居士石頭叢話稱其如百琲明珠七襄雲錦堪與沈青士賦俞潛山集古七古並傳洵非虛譽也

紅樓夢排律一卷　上海申報館排印痴說四種本

徐慶治自序曰今試續小說於虞初搜稗官於宇內入古莽之國夢乃為真證兜率之天空即是色極悲歡之異致參究女之情禪别有會心獨開生面如世所傳紅樓夢一編者誠欲界之慈航亦呆鄉之寶筏也夫人生於鐘鳴鼎食之家紙醉金迷之窟樽浮蟻瓷燭映蛾彎杳偷姊妹之花草鬥夫妻之蕙活楚雲於神枕瀉海水作情波徵歌從凸碧堂来聯句向凹晶館去將使鹿車五百平量歡喜之丸鴛牒三千散給氤氳

之使劉綱仙侶長調琴瑟康成詩婢永抱衾裯出則蜂蝶俱隨入則鰈鶼相矢而且萱幃之歲月無恙椒房之寵愛弗衰地闢侯封居金粉六朝之客天開色界聚楞嚴十種之仙樂未央哉蕩無度矣不料彩雲難駐華月易虧昨夜之樓鶯戀誰家之樹甯国府抄同瓜蔓大觀園廢爲菜畦甚至檢胡蝶於壞裙認鴛鴦於墜瓦翻雲覆雨一場春夢之婆騰粉残香半夜秋墳之鬼珠還淚兮已盡石歷刼兮偏靈能不撇金玉之良緣修巾瓶之淨業哉僕本恨人臣原好色紅羊

換刼玉臺之吟詠無多蒼狗幻形綺語之懺除不少今者禮闈報罷山館晴初八韻哦成沿唐代應制之例卅篇賦得變江郎雜體之詩夢疑到乎太虛詞偶流於側豔笑破阿難之戒恐遭法秀之訶所幸境閱菀枯義兼懲勸仙稱警幻不妨托月而烘雲板借聚珍何致災梨而禍棗畧聊陳大畧以遺小年

光緒三年歲次丁丑夏五月吳縣七夕生徐慶治自序

又題鶯啼序曰匆匆大虛夢醒訝繁華過目縱今日八去瀟湘我猶鉛淚盈掬笑多少荒唐稗史紛紛狗尾貂難續

恁深宵環佩魂歸共尋蕉鹿粉膩脂温幾載繡户儘銷
磨豔福最無那鸚鵡雕籠葬花詩句偷讀盼檀郎歇来
細馬趁燈下迷藏同促羨情天雲想衣裳樹摇音樂
三春易老燕約鶯盟付趾離一銀計切覺歎到處茜紗窗格
雨也風也月夕花晨百般撩觸金釵好夢寶釵嘉耦相思當
了前生債薦抽身撤却妻和肉塵緣堪破須知襛襶頭陀畫
堂聽聲去盡歌哭
如烟似電刼後園林賸舊時喬木怎。
說是一池作平春縐底事于卿八韻詩新未能免作平俗情

蟲祿蠹都成泡影侯門常有鼾睡漢問何人抛得藏嬌室屋休誇竇誌曾摩天上麒麟我真濁玉　春尾夏首瑟居無俚戲作紅樓夢試帖三十律並填此解以殿簡末調之又墨吳縣徐慶治按徐字調之號七夕生清舉　人是卷從痴說四種中錄出凡詩三十首以風華靡麗之題爲格律整言之作獨運靈思別開生面使好事者再作制義數十首並取沈青士賦彙刻之吾知八股文人必搖頭吐舌作種種醜態也

題紅詞一卷 上海申報館排印屑玉叢談二集第十三種

周逢吉序曰裁雲縫月文人倜儻之懷惜玉憐香儒士風流之態每寄情於翰墨陶冶性靈偶託興於丹青描摩形相咸稱韻事亦足消愁雖曰寓言殊堪問世自來傳奇演義無非離合悲歡野史稗官不外貪嗔癡睡蓋未有如紅樓夢之閨娃魁首萃於一門情種魔頭起乎群類者也賞心悅目不啻金玉爾音盡態極妍久已膾炙人口乃有雅人深致幽館閒情擇其尤於百二十回繪之圖三十二幀則如公子神遊幻境一

枕黑甜仙姬樂奏雲璈兩行紅粉鴛鴦帳裏卻教花蕊初
開瑇瑁簾邊別有鳳音微逗識連環之金鎖未悟因緣題爛
漫之名園獨呈才藻元宵燈燦九重恩許賦歸甯春日情慵
兩袖香霏恣雅謔一聯妙詞相戲羞臉生嗔聽三疊豔曲自憐
嬌肢無力小鬟遺帕亦解相思有女懷春正深幽感亭名滴翠
撲蝶而散步逍遙冢曰埋香泣蔦而悲歌慷慨或畫薔來局外
之癡或結社得閨中之趣黃金願鑄蘅蕪君擬菊為題白玉
無瑕瀟湘子賦詩居首村嫗當筵調笑舌本翻瀾妙人煮雪

談禪乳花凝盌一天玉戲紅梅映玉爭妍衆才多香塢門才
製謎芙蓉神補裘五夜病態堪憐芍藥茵襯豔三春憨情
都韻相逢拾翠裙解花陰共祝怡紅鶺飛燈右臨風品遂涼
生凸碧之堂玩月聯唫響徹凹晶之館池畔星眸微睇四美
垂竿窗前雪腕輕揮七絃訴怨焚詩淚盡勾銷萬種癡懷
得玉魂歸了悟一場情夢凡茲佳話寶黛爭輝不省妍詞玉
金減色今夏春盦居士来自雲間憩於蝸舍會余多愁多病
正無計以消閒知君有筆有書爰出圖而索詠癡遇我便

爾神移意不猶人欣然首肯爲衣舊族久欽華冑家聲黃絹新詞夙擅錦心才調際三更之溽暑揮汗成霖探二酉之奇藏胸羅列宿含毫覓韻推敲於羅雲竹月之軒按譜諧音朗潤如仙露明珠之豔每填一闋自叶中聲似訂三生同參雋句各隨題而倚調想入非非真肖物以傳神腸迴曲曲擴香獵豔姜白石派自堪宗嚼徵含商萬紅友律原無誤有時言情嫵媚工渲染而判緣評紅或因寫景悲涼妍翦裁而駢黃驪白疑入衆香國裏清沁心脾如登羣玉山頭芬留齒頰懷澂冰雪允

推吐鳳之才色麗雲霞光副射雕之手但覺銀釭助燄光潤射麝煤不須同鉢頻催音留魚繭生花筆燦剛風微荷淨之天雕玉吟成正露冷桂聲之候君固多情余亦同癖因錄之以綫箋復編之以小冊此特吉光片羽五色渾迷譬猕腋成裘三英自槊酣歌擊節當浮大白兮狂吞倚譜吹簫宜倩小紅兮低唱一十二釵之風度妙絕千秋百六十日之光陰等閒一瞬洵堪愈疾幾樂此以忘疲真箇銷魂竊對之而生羨倘或補遺顧遂再續清吟偏逢惜別神傷又添離思憶昔聯床酬唱留痕

即嘉慶十六年

勞青鏤之書笑今並坐品題放眼看紅樓之夢嘉慶辛未

紹興周逢吉序

王裕昆跋曰紅樓夢一書人但知為言情之作不知善讀者可以明理可以悟道也山陰周氏硯香舅祖曾於百二十回中擇其尤者繪圖三十二幅先大父為館甥時各繫一詞不失樂而不淫哀而不傷之旨舅祖并作駢體文敘於簡端用付手民一時膾炙人口夫賈氏至政老時已式微矣而我王氏世席清華先大夫追念前芬凡書中境遇不啻身歷其間故比事屬

詞較他手益為親切豈特引商刻羽媲美姜張已哉兵燹後越中舊刻無存家藏原稿幸未失墜別錄副本如右顧或謂先大父名重道學不當存少年風流游戲之作不知古人如白樂天李玉溪諸人均有言情之作可見名士風流果有合乎不淫不傷之旨即與三百篇無殊聖人有作猶將采之於道學何傷哉裕昆奉先人手澤惜未能善讀此書以蘄至於明理悟道也謹為跋光緒三年歲次强圉赤奮若皋月之望孫男裕昆

葺城王芝岑撰按王字 號春盎居士山陰周硯香逢吉居士之妻兄弟也嘗繪紅樓夢三十二幅居士時在埸館各作一詞繫之所用詞牌均與題有關合光緒四年烏程錢昕伯徵上海蔡紫黻爾康在上海為申報館主筆排印屑玉叢譚二集列為是卷第十三種惜有詞無圖誠憾事也

紅樓夢百詠詞一卷附錄一卷　順安堂紅樓綴錦本

凌承樞自序曰紅樓夢者花月之刑書風流之刑鼎也蓋千古意淫二字未經人道一經道破則觸處皆然互刑之屬三千不聞有意淫之律得紅樓夢而可以補其缺矣故善讀紅樓夢者不與之論旖旎可與之談施金陵十二釵正副三十六凡以盡地獄變相也或有紅樓百咏見不及此余因而敷衍之人賛一小詞於意淫之誅無恕詞焉或有嘲余者曰劉先主治蜀嚴酒禁有釀具者輒案之蜀人愁怨武侯患之使法孝直為解孝

直侍先主坐適有人經其前孝直起曰此人法當案先主怪問之曰帶有淫具先主笑謝之並免案釀具者意淫之説毋乃按釀具乎余曰唯請無論其詳顧論其畧然則聖人有誅心之論其説非歟客不能難逌相視而笑曰請以之弁簡首時壬午首夏海上淩承樞滄洲氏書於紫雲小築

曹耀宗序曰美矣哉此紅樓百詠殆欲鑄名華於夏鼎然美玉於温犀乎夫其義兼比興律協宮商筆有餘妍令拈大好夢經吐鳳辮奇字於舌端跡異籠鵝現美人於指上一

編座擁百美屏幅吟成錦字三千閱遍金釵十二吳道子之變絃外餘音李龍眠之白描卷中得意不識從何省識如此人人欲言早被子言應呼咄咄試問大觀園千門萬户畫地便可成圖裒爲小行卷軟語溁腸寸鏨偏工刻鵠形形色色異藻奇芳渺渺茫茫鏡花水月唾壺擊碎王處仲洵是可兒拍板輕敲柳耆卿原非狎客美人香草唤來盡道真真黄土朱顔叫醒幾多夢夢則又假蛾眉而演法絕文章指繡段以言怨何傷忠厚以綺語而破除綺語泥犁有獄吾

知免夫作解人而别索解人明镜非臺君真慧者薔薇
盥手髑處春風荳蔻含胎如聞香靨想見綠蕉初擘神
女雲來遂令紅豆爭傳詞人筆擱歌騰郢市原屬騷人唱
出旗亭允推才子新詞競寫紙應貴於三都小部隨刊
玉更街乎百詠豈僅與金粉發微更足與紅樓煥色者也
命雙鬟而擫笛尋聲顧曲方期君綠竹簾前撫三雅
而徵詞低唱淺斟且坐我櫻桃花下時甲申長夏滬城
曹耀宗蘭谷氏序於紅藕榭

葉炳堂恭題詞曰璅窗夜水春燈炧玉京才人擁書坐慧葉耽吟秋水篇綺懷偏撩閒花朶環肥燕瘦總成塵燒盡爐香不返魂憑將詞客胸中錦傳出春婆夢裏人金陵豔冊羣芳聚大觀園裏愁風雨海棠吟罷菊觴開琪花瑶草春無主翠袖蛾眉私自憐情波如海恨難填金釵十二爭春豔化作秋来一縷烟烟痕過眼隨風送不獨葬花成一慟侯門甲第今安歸山鳥一聲醒曉夢

劉鴻甫樞曰绛樹倚聲紅豆曲才人慧業本如斯羨君小

令姜張檀黃絹多成幼婦詞　不獨詩賦百篇曉風更唱柳屯田題花我亦嚴觴政此語於今二十年曾戲作紅樓夢酒籌同人亦有題句蕭棣香承萼曰吟遍花嬌與柳嚲紅樓有夢憶前身三生怨耦兼嘉耦絕世才人又美人自是情天饒豔福儘教彩筆管濃春只憐頑石呼難起誰向荒山叩夙因　新詞合譜滿庭芳玉色金聲各擅揚篋裏有花皆芍藥樓中無牒不鴛鴦描將眉影詩成史領得頭銜國是香試向禪宗叅一轉未須四壁畫西廂　裁紅刻翠亦無聊百首

新詞寫綠蕉未許臙脂誇北地從來金粉豔南朝鐙前擁髻纏綿話花外焚香大小招任爾真真頻喚起萬花無語各魂銷　信有瑤仙住上清天風吹落珮環聲十分春盡荼空色一樣花開各性情似此蘭因愁淺淺費他秋水繪盈盈瑶編珍重緘雲笈好與西堂補小名

郁泰峰松年曰羅列羣芳定品評文人慧業自三生仙毫舞罷都清麗曲寫紅樓萬種情金陵豔冊鬬芳姿百幅圖成絕妙詞讀到情天皆是幻人間何處著相思　相思只

合箇中尋領畧情根淺與深若使香魂真有覺應教紅粉慰芳心　恨海離天愁滿胸休言大夢本無踪美人心事才人筆打破情關萬萬重

范愛吾蓮曰生就顛狂意胸懷總是癡風流雖暫托夢寢共長思仙本昭靈幻天何漫徙移吟成垂絕唱欵欵舞晴姿

康濂溪懋曰展卷如聞謦咳聲癡情縷縷彩毫生名姝俊句相輝映錦繡叢中霞綺明綢繆繾綣滿華箋好句天成妙手傳一字一珠穿不得言言如代美人宣

清詞譜出衆瑤英環珮聲隨笑語聲佳麗一時叢集候最深情處最忘情　寫生妙筆本天然百幅圖成骨欲仙個個還他真面目白描不讓李龍眠

范蕙曰千古種情子深情祇自知三生緣本幻一枕夢先奇才豈功名圓仙何謫降遲幾多詞賦客今及繡帷誰

陸蕕鄰我春曰過眼鶯花似水流枉教豔福幾生修青衫紅粉都成夢不獨傷心記石頭綺障如君已懺除世人應亦醒蘧蘧金釵十二歸何處幻境須知本太虛　傳紅

寫翠倚新聲重訴當時未了情離恨有天何自問多情每作可憐生

曹蘭谷 耀宗曰前身應是謫仙流妙筆天然莫共儔吟到紅樓人百美直教彤史照千秋 奇花爭麗墨花新不詞人柳與秦位置品評誰第一可憐同是夢中人

儒雅風流迥出羣衆香國裏望如雲美人只合拈紅豆萬種相思透骨薰 嬋娟生長有情天各鬥芳菲景物妍自是君身有仙骨又傳豔異一新編

黃小酉膺 曰絶妙文心絶妙詞才人格調美人姿分明百幅鸞牋影妬煞人間巧畫師 詩本無邪句最工紅牙小拍鼓玲瓏一時詞客皆投筆共仰扶輪拜下風 戛玉敲金字亦香喝喝私語斷人腸唾壺碎後葫蘆破百種名花盡帶霜 兒女柔腸筆底蒐情緣快斬不教留一編花下閒披讀擬作仙山夢裏遊

徐水西夢雲 十二時曰笑乾坤這般空幻都付壺中淘洗有那個多情種子漫道性蘭心蕙翡翠樓風瀟湘院雨

舊事誰提起人去也寫出愁腸怨恨滿腔真箇情多如此一霎間鶯花過眼恍惚羣仙瑶佩芍藥裁詩鴛鴦覓謎豔福三生抵直道歡没了元来却是夢裏 夢醒来靈頑分辨萬種相思都廢說何癡人重離恨字字珍珠系則恐他錯認先生此是眉史

夏玉甫 世堂金縷曲曰儂本傷心者更無端新愁舊恨一齊憑把久已黃粱成底事識破便分真假況如此姻緣拋捨不許氤氳翻簿子繫紅絲替卜鴛鴦瓦前後案勿

撏撦　才人遊戲多風雅百幅詞美人公子十分描寫鐵券王
侯金谷第結果這般苟且可喚醒普天之下修到三生拚一死
說情多正被多情惹此好事為之也
張能五嘉仁長相思曰說紅樓譜紅樓勾起才人名士傳一夢
幻千秋　那風流這風流不是風流不慣愁強句作綢繆
周花農樽元摸魚子曰曼陀羅諸天種出情根怎樣生就紅
愁綠恨嬋娟子賺得風懷左右通叩叩看撲朔迷離幻境
般般有明鐙綠酒篿車子輕帹芳姿小扇一笑寄紅豆

人世間幾輩嬙前施後啼痕輕漬羅袖金魚玉盌須臾事箇
裏問誰參透須好手作滴粉搓酥活畫蓮和藕邯鄲醒
否寫百幅鸞牋百宜嬌曲傳唱定能彀
菩薩鬘二関曰人天多分愁中老風流子本同同鳥那識是
空花須臾散彩霞　繁華容易改金谷人何在紅粉與青
山休教兩樣看　雄蟲雌蝶齊偷活阿誰笑向當頭唱百番
剡溪藤心腸菩薩能　倚聲推好手可是耆卿柳周昉
寫生高丹青不敢描

陳級香日新一痕沙曰誰寫紅樓春色穠豔逼入胸臆領取夢中情最分明　吟罷新詞百首茗味爐香消受小坐綺窗前意纏綿

曹古嵩耀浮一片子兩闋曰萬古種情子三生覺夢人憑將五色筆寫出百花神　旖旎屯田柳縱横玉局蘇千秋公案定妬煞美人圖

曹耀宗跋曰夫紅樓夢一書膾炙人口讀其書而論其事者亦云夥矣予昔遊金陵適籐花榭板初刷偶攜一册雜置

書裁今越五載長夏無事撿取評點之凡諸家之評論此書者無不盡讀之如吳批紅樓明齋之偶評補評以及苕溪漁隱之癡人說夢洵屬繪水繪聲寫花寫影即起雪芹先生於九原當亦首肯而許為知音者也雖然評其書者固多而發為謳吟者甚少即有傳奇諸家亦多遺漏所以每當花前月下不能不為之扼腕而長吁矣乃滄洲凌子忽挾一卷而告予曰子熟讀紅樓夢盡觀予之紅樓詞乎驟諷之餘不勝驚喜頓覺前人之紅樓百詠其詳畧奚啻十倍且吟風

弄月之中獨出誅心之論其關係又豈淺鮮哉不禁為之拍案叫絕而信為必傳因不揣譾陋妄評於上滄洲其許為知音乎亦畧存夫一二語也可時癸未孟冬海上蘭谷曹耀宗謹跋于七十二鴛鴦仙館

凌承樞著曹耀宗評　按凌字滄洲曹字蘭谷均江蘇上人曩余寓滬嘗遊邑廟於舊書攤中獲覩是卷其簡端題紅樓綴錦四字旁題癡人說夢紅樓夢詞紅樓評夢草珠一串十六字蓋綴錦凡四種而此實四種之一因再搜其

三種不可得乃以銅元二枚購歸詞凡九十六闋附錄二十一闋於意溼二字獨申誅心之論其有裨於世道人心殊匪鮮淺所取詞牌與題亦妙有關合非同俯拾即是者讀者勿以詩餘小之也

璱琈山房紅樓夢詞二卷補遺一卷　上海申報館排印屑玉叢談三集第十七種

何鏞自序曰紅樓夢情書也他書之情顯此書之情隱他書之情淺是書之情深情深至隱而深非恒情所可同日語矣故因情生文而諸家之題詠出焉王雪香之評贊盧半溪之竹枝詞綠君女史之七律顧爲明鏡室主人之雜記無不借題發揮情文交至去歲又得沈青士賦廿則爲之序而刋之而獨於詩餘不少槪見今年長夏無事天氣又極涼爽高卧藤床竹枕間取諸家之文熟玩之因再取紅樓夢全書細閱之擇其

之尤雅者為之各賦一詞十二釵正冊共得三十二首其副冊又副冊雖不盡署其名然以意揣之當不僅晴雯襲人等一二已也為之擴而充之并及冊子外者亦得三十二首而此外尚有可咏則收之補遺以彌缺憾又以警幻司情一首結之以括全部言情之旨凡二十餘日而脫稿皆曰是可以補諸家之闕爭慫恿付梓噫嘻何言之易也夫倚聲一道余所樂為而非余所優為按律尋聲僅諧平仄而輒出以問世見者必將逌然掩口胡盧不已譬之遼東白豕其不貽人笑柄者幾希

而況綺詞豔語世所深戒而余獨犯之是誠何心哉余之所以為此者不過長夏無事藉作消遣是亦因情生文不能自禁如謂以此區區者與諸家相頡頏則余豈敢旹光緒三年歲次彊敔赤舊若律中林鍾之月山陰桂笙何鏞自識於滬瀆客次

翁天麒序曰從來淑女偏多佳話之傳自古文人亦喜閒情之賦集名姝於白蘋記寫妝樓編遺事於烏絲盛傳天寶侍兒有錄憐憔悴之犀紅本事多詩寄情思於尺素好色賦

譽彼美蟲盡可憐麗情集昉當年嗚呼共命烟花作志溯香影於青樓雲雨興歌託相思於紅豆話精魂之蘊結化成碧玉三年謂兒女之纏綿寫出紅樓一夢花爭獻媚極旖旎於行間豆本同根現嬌憨於紙上紀一時之豔冶粉黛三千斂五夜之綢繆金釵十二麗容永駐合吟羣玉之篇豔迹常新不數會真之記塵封頻添瓊閣謫降芙蓉痴情夙抱瑤閨語傳鸚鵡凡茲逸事堪拍紅牙不有才人誰裁青簡粵惟吾何君桂笙望隆浙右才重越東儔賀氏之故居思清

似水接廬山之遺緒筆大如椽刻玉鏤金早樹詩壇之纛引商刻羽更張詞伯之旌窺著作於丹黄編排甲乙識文章於花鳥志繼癸辛况復鬭韻樽邊時露風流之句評花月下常徵錦繡之篇作綺語於當前不讓温韓韋李弔香魂於往古合追秦柳蘇辛字豈襲人賦物獨工夫體會性原異俗讀書必入於細微由是羅韻事於大觀品題特切慨佳人之薄命歌詠偏周其寓黛玉也雨感三更宛轉吟斷腸之句風飄元夜逗留深無意之談悲檻外之飛紅鋤擕徑仄憐伊人於昏黒燭

送更深斯意誰知閒教新詩於架上此情共喻聊為託諷於盤中其寓寶釵湘雲也團扇輕攜驅春駒於亭榭綵箋繼劈吐繡虎於心胸原因兩小之無猜偶揮麈尾豈道三生之有約酣睡花茵伊本多情玉臂錯承憐惜是真詩伯芳庭敢鬬尖文社病體於當前藥名沿舊緬豪情之如在花事吟新其寓元春探春也位佐中宮尚親聿昭夫典禮生由側室賦茗獨仰其才華頒來隱語良宵情殷弟妹話到象賢無後恨不男兒其寓迎春巧姐也性著溫柔倚榻作拈花之笑心徹穎慧

牽衣呈詠絮之才襄雅舉於詞場曾分體律去村居以遠害詛辱門庭其寓惜春妙玉也功參三寶會心在黑白縱横春報一枝回首指風雲淡蕩繪到橋虹瓦雀不異深宵聽来雲碧天青恰聆雅奏其寓李紈熙鳳可卿也嚴母訓於平居歐親畫荻主騷壇之評隲宋女揮毫古調獨彈却冠消寒之句曉妝初罷徵聞私昵之聲成歡會於巫山夢徵亡是恨別離之有日魂喚奈何他若心堅金石甘揮煩惱之絲性比松篁願伏雌雄之鐵凜從一而終之義不羨更生存無他私意之心何妨

即死遭残詬辱豈竟悍大婦之顏過荷仁慈願甘作小姑之女凶問驚傳昨夜敢任以身良緣空結百年徒聞其語名原徒託聊傳姓氏於孤村耦即非真好諦姻緣於後世剩至訂良姻於千里塗合朱陳占旺相於三秋坐聯姊妹芳姿解詠究今古之攸宜却要多才辨陰陽盈缺泥他廉纖素手勤送羹湯劇憐勞瘁紅顏猝遭風雨偏工游戲綰新樣兮玲瓏更乞團圞殫深情之綿緲凭繡窗而訴怨紈扇齊搞對寶鏡以傳情牙梳遮執更有登堂矙客盡窺浪子之形沃盥

修容還作女兒之態藉花叢以畫字雨濕湘裙啟獸鼎以焚香烟迷錦帳詩牌檢取誰憐嬌小之容苓粉私貽枉被宵行之醜探楊堤而拾錦未解誰何穿芳徑而傳辭却忘所以書傳片玉爲繡閨之奚奴鳳索鷃金作香閨之主宰現紅霞之千尺夢兆芳名奏白雪之三章興添綺席偶承錯愛勤行役於終朝不戀深情露輕嗔於片刻花令開行堂北肯女傳神桴聲遠聽郊南村姑解笑尋春園裏偕翠女兮蹁躚給事房中忤玉郎兮躑躅吹徹白雲片片聲合龍吟翻殘紅浪

重重蠱同狐媚廣羅韻語不憚創始於我之勞總以神仙亦寓色即是空之意斯真作者竊有辭焉夫鏤月雕雲或刊麗人之賦羅珊網海或歌比事之詩或深褒貶放微言鬚眉畢露或附品評於尺幅情性胥傳從未有以循商按羽之音寓簧燧笙清之事乃何君鈎心鬭角竟無筆之不香鉥腎鏤肝遂有詞之皆豔裁雲作紙探玉字於琅環錯雪成辭蘊瓊章於翰墨錄乃命渓夬罠管曲等遊春編更脔以魚箋時剛消戛嗚呼仰鴻才於大雅爰請代梨棗之求誇蟲技於鄙人

詎敢作粃糠之導光緒三年歲次丁丑日躔鶉尾之月世教姪
古滬小蓮翁天麒頓首拜序

周忠銑題曰從来學人妙筆總陶情淑性況夫子詞格翩翩墨
花開處奇警喚醒了紅樓幻夢珠圍翠繞都雲影太虛天情
假情真怎逃明鏡　卓矣先生兩浙傑士到春申攬勝銑何
幸邀佳征軺篳門圭竇輝映執經時循循善誘論文處津津
心領更閒来吟嘯從容一空塵鏡　平生著作刼火新焚瓣香
僅少剩展此卷齒牙芬溢盥盡薇露擊破冰壺酌殘新茗循

聲按律移宮徵羽挑燈不厭千回讀定詞壇板幟推英俊誰堪彷彿花菴格律精嚴草堂吐屬新穎　深慚夯鄙未解宮商歎汲長短綆但檢點爲焉傳寫未敢差訛虎帝紛歧亟須更正茲逢夏午荷風香氣明窗淨几添清興快揮毫書入鴛鴦錦他年檀板金樽譜出新聲高歌暢飲　桂笙夫子作紅樓夢詞屬銑手鈔不揣固揣拍鶯啼序一闋綴之於後雖知西子之顰非可妄效而後塵學步或可附尾以彰夫子其許之否耶時在光緒丁丑季夏及門古歙周忠銑

唐斯盛跋曰紅樓夢一書題詠極多詩賦之外惟詞罕見余師桂笙夫子摘其尤雅者填詞若干闋風流綺麗洗盡舊套痴男憨女之形容口吻悉入佳話讀者一按節而紅樓全部要領如在目前矣填甫成以示盛盛亟請付手民以供世賞庶與正集並傳而世之深於情者得以覽焉校錄既竟爰贅數語於後云時在光緒丁丑季春及門鐵沙唐斯盛謹識於奏綠山房

蔡爾康跋曰良辰美景奈何天賞心樂事誰家院玉茗譜

之傳奇而絳珠閒之下淚者也是詞哀感頑豔淒沁心脾紅樓中無數情蟲死而有知都應腸斷上海蔡爾康識

山陰何鏞著梅何字桂笙别號高昌寒食生是本上卷十二釵正册三十二闋下卷副册又副册及册子外者亦三十二闋此外尚有可咏又塡九闋則收之補遺共七十三闋清光緒五年錢昕伯蔡紫黻排印屑玉叢談三集列入十七種自序稱題詠紅樓獨少詩餘彼王氏之題紅凌氏之百詠已見於嘉道間豈何氏均未見之耶

紅樓夢餘詞一卷　小説月報第三卷補白附刊枕亞浪墨

枕亞自序曰長夏無事松風一榻午夢初覺苦無消遣法戲將紅樓影事分題拈詠填成小詞六十闋●題曰夢餘詞此大觀園之夢餘詞亦枕亞消暑之夢餘詞也自恨年才弱冠潦倒青衫入海茫茫知音何在茶餘酒罷取石頭記偶一展閱頗起遐思深恐異日身陷情坑爲情所誤是編之作蓋欲持以爲情場戰勝之券且欲留以作情關報曉之鐘戊申中秋前五日枕亞自識

惲樹珏題曰紅樓夢一書爲舊小說中巨擘無待言矣徐君枕亞以其近作紅樓餘詞三十首投稿本社筆香墨媚至爲可觀次第錄之以補餘白小說月報社編輯者鐵樵惲樹珏

常熟徐覺著按徐字枕亞少工詩詞擅小說家言清季曾充上海民權報館主任嘗以紅樓夢題詞徵詠擇其尤者得詩近二百首民國三年五月創小說叢報於上海月出一册頗受愛讀小說者所歡迎著有枕霞閣詩詞庚戌秋詞何堪詞散見於小說叢報及小說月報補白中又著有玉梨魂雪

鴻日記小說皆有目共賞之作是卷作於清光緒三十四年仲秋凡六闋製題工整不同率爾操觚其命意遣詞尤極哀感頑豔之致時上海商務印書館懸賞徵文枕亞以是卷投之評列第十四附刊於小說月報第三卷補白中漏載黛玉病春黛玉焚稿寶玉逃禪三闋其總纂武進惲鐵樵樹珏題識謂僅三十首殆梓人誤六爲三耳民國四年枕亞蒐輯舊作爲浪墨之刻載卷於第三卷中陳惜誓評點之頗稱允當迥非阿其所好者可比也

紅樓夢傳奇八卷八十闋　長沙重刻本

俞思謙題曰金陵自昔擅繁華況是通侯閥閱家畫戟東南開甲第朱輪朝暮過香車賈生早佩郎官綬粉署含香趨禁右北李南盧結親近五侯七貴同杯酒新婦起居八座太夫人鍾郝偕来笑語親新婦才華尤出衆侍兒明慧亦殊倫王郎再索徽佳夢聞說釋迦親抱送阿大中郎俱不如門前客到休題鳳却因家襲富平侯公子髫年未識愁懶接雜談勤夜讀愛攜鴛侶作春遊紅樓四面珠簾繞

簾外花枝方裊裊帳裏依稀如有人歡悰未盡鶯聲曉金釵十二自分編夢境迷離恍遇仙夢醒思量夢中事襲人花氣薄於烟外家姊妹多才思少小無嫌共嬉戲道是無情却有情銀河不隔蓬萊路佩聲釵色出幽齋羣羨清才三妹佳不言靈芝今再世侍書仍許阿甄偕春花秋月園中好秋夜眠遲春起早待月時来問水亭看花齊上臨湖島怡紅院裏錦屏舒凹碧堂前玉洞虛結社聯吟愈晝永分曹賭酒趁宵餘佳人別自倚修竹料得也應憐宋

玉脈脈春風盪酒情盈盈秋水橫波目兩心相照兩相疑兩處緘愁兩不知難借鮫綃傳密意空將鳳紙寫相思癡男騃女同時病不道黃姑偏誤聘喜結同心七寶釵悲分照影雙鸞鏡紅樓縹緲倚雲開前度劉郎今又来只爲含愁獨不見淚珠乾盡蠟成灰覺来悔被迷津誤彼岸思尋仙筏渡行到源頭見落花傷心依舊悲崔護自憐老去漸婆娑閒借填詞寫翠蛾勘破繁華歸寂寞紅樓一夢等南柯桃花亂落如紅雨燕子歸来相共語風景依稀似往年樓中不見當時

侶牧堂愚弟海甯俞思謙拜撰

元和陳鍾麟墳詞海甯俞思謙評點按陳字厚甫俞字牧堂號潛山是卷凡八十闋就原書之次第寫兒女之幽情洋洋灑灑誠傳奇之大觀矣而牧堂題詞集古一首詞意包舉語語如自己出亦足與此書並傳也

紅樓夢散套十六卷十六闋　蟾波閣本

懺摩居士題曰因幻成癡因癡成夢夢覺癡醒一場爨弄此非綺語亦非情禪謗謨由典作如是觀噫樓頭公案分明在你既無心我也休叅叅　懺摩居士

聽濤居士序曰石頭記為小說中第一異書海内爭傳者已數十載而旗亭畫壁鮮按紅牙顧其書事跡紛繁或有夫已氏强合全部作傳奇即非製曲家有識者所為况其抒詞發藻又了不足觀歟荆石山民向以詩文著聲暇乃出其

餘技作散套示睞夫曲之一道使村儒為之則墮白兔殺狗等惡道猥鄙俚褻即斤斤無一字乖調亦非詞人口吻使文士為之則宗香囊玉玦諸劇但矜餖飣安腔撿韻署而勿論又化為鉤輈格磔之聲矣今此製選辭造語悉從清遠道人四夢打勘出來益復諧音協律窈眇鏗鏘故得案頭俊俏場上當行兼而有之凡善讀石頭記者必善讀此曲固不俟余言為贅也乙亥竹醉日聽濤居士書

荆石山民自題曰愁城愛海逗癡兒怨女聰明耽惑一縷情

縈柔似許繞得纏綿悱惻緣綺傳心翠綃封淚償了靈河債樓空人散夢緣留在緗帙　我亦初醒羅浮酸辛把卷未悟空和色撿取埋香芳塚恨譜出斷腸花拍駐彩延華搓酥滴粉愧少臨川筆春宵低按杜鵑紅雨應濕　寄調百字令　荊石山民

璞山老人題詞曰元夕冰輪耀素華萬覃雍奏送鸞車滿園羅綺金釵輩便是毫端五色花　歸省　小庭紅雨春殘後描盡瓊閨兒女癡百種聰明千種恨埋香塚畔淚連縈葬花

輕風散夢總無痕幻境均須彩筆論此後紅牙新按拍有情人更暗銷魂譜曲

一卷聽秋新樂府勝他祭酒秣陵春我鄉自梅村祭酒作秣陵春後百餘年無製曲家今僅見此刻

珊然一个孤棲影讀向寒閨定愴神聽秋

芙蓉枝下泣鮫綃老眼看来淚亦拋應付君家寫韻手浣花箋上細傳抄癡誄

翠擁珠圍動佩音清歌聲裏玉杯斟當場畧照歸鏡費盡才人一片心蟫誕

巧樣新翻詞幾回閱烟雲在手好文機蘅蕪愁與瀟湘恨共對瑤緘淚暗揮寄情

漫説彈毫能覺夢早參泡影電悟三生只

愁慧業挑公子記曲重增紅豆情覺夢　璞山老人題原題荆石山民填詞婁東黄兆魁訂譜按山民姓名未詳攷卷首璞山老人題詞有君家寓韻句又註有我鄉梅村祭酒作秣陵春後今僅見此刻語則山民姓吳江蘇太倉人也凡十六闋曰歸省曰葬花曰警曲曰擬題曰聽秋曰劍會曰聯句曰癡誄曰覊誕曰寄情曰走魔曰禪訂曰焚稿曰冥昇曰訴愁曰覺夢每闋後另錄詞曲詳載工尺以便學者夫傳奇與演義體製迥不相同傳奇者傳其奇藉片語單詞已足歌成

雅奏演義者演其義非連篇累牘不能詳其始終陳氏傳奇未明此理致蹈演義之習不免為識者所譏是編案頭場上兼而有之乃有以闋數太少惜之者真門外漢也

姽嫿封傳奇一卷 上海國學扶輪社排印香豔叢書十一集第十七種　上海藜光社姽嫿封校香合印本

蓬道人自序曰庚申（即咸豐十年）仲秋薄游武陵公餘兀坐無以排遣偶記姽嫿將軍已事衍爲塡詞每成一折即郵寄回家索六兄爲余正譜鈔寫成帙置篋中且十年幾忘之矣頃因刋桂香枝搜得原本並以付梓時六兄遠宦邕管余亦將理裝北上每檢斯編不勝風雨對牀之感碩安得弟與兄偕歸田里展紅毹一丈命伶人歌此曲以娛親黨亦萊衣之樂哉至姽嫿事雖見紅樓夢全是子虛烏有閱者第賞其奇弗徵其實

也可長沙蓬道人自序於坦園花韻軒一

王先謙序曰在昔繡幰油絡高涼建百越之麾氍甲裳旗沙里、樹黃龍之柵完顏運矢石於城下命婦一車紅玉執桴鼓於江中樓船百里灌能督戰陸亦先登類皆彪炳旗常發皇簡冊然而鴛鴦隊裏曾無速化之陰燐鵝鸛陣中豈有不揚兵氣若乃欃槍芒大留劍答君金鼓聲搖引刀效死貞心炳如日月亮節固於山河則趙姉含反斗之悲磨笄以報襄子毛后奮空壁之勇彎孤而拒姚萇前美彰焉嗣徽闕矣乃有續宋稗之閒談記明藩之遺事林外留其仙眷黃家號以四娘丁女神光胡芳將種結淑儀於青社驚真氣於白亭秉含靈握文之英洞園居方正之妙習騎射以教侍妾劉后知兵嚴部署而令美人吳姬斂笑時則臥邊亭之鼓滅幽障之烽海嶠笙歌遙連午夜岱宗鸞鳳齊舞清暉恒王則油戟停驅雕屏坐列呼寵妃為隊長擬壯女是新軍六院皆奇布花鬘而作陣十旌俱建施錦障以成圍舞出宮腰營真細柳移來仙步軍盡淩波縱聞鼓而止聞金前視心而後視背叱

咤輕則蘭麝生於口角威容熾則雲霞爛於亭臺立號將軍肇嘉媲嬙醉月坐花之候僮僕三撾刀光燭影之旁君王一笑提將菸竹爭誇處女神奇敕到錦袍不賞平陽歌舞宮惟講武館不忘憂武鄉侯肯用巾幗相遺李光顏豈以女色為樂洵磐宗之盛事枝昵之美談也已無何動漁陽之鼓驚破霓裳灌西谷之堤壅来縑幔蚰蜒塹塞龍武軍孤書白土於洛陽封徐內應鑄金枷於梨樹結贊陰權報國納光弼之短刀受降按蕭王之輕轡師將授子楚鄧曼

見而長歎送不出門越夫人立而飲泣蓋不待三軍紛雨一轟
愁雲而早已毀此娥媌屬塡土去笄之節思君悱惻作挾弓
帶劍之辭俄而松柏哀於國人福祿斟於凶虜金甌破碎花
淚驚濺錦瑟淒涼刀頭罷唱既不能引箎度曲如朝雲之吹
散生羌復不能持節登車似馮嫽之說降外域黃泉碧血
妾身願得同歸素甲白矰姊妹因而合隊信蛾眉之肯讓
剺面尋仇餌虎口以橫挑張拳冒刃陣皆設兆鬼豈忘雄
卒之百騎奮而猶孱兩甄鳴而更敢精士垂盡夜仍飛游魂

不歸皓齒何在君子人也臨大節而稜然丈夫女哉蹈危機而不顧以視呂將軍買刀賒酒但報私讐潘將軍同坐齊鑣罕傳戰績此尤一時之冠絕隻千古而無倫嗟夫皇覺一飛國維四立然而二十五宗之屬騰笑桐山三百餘歲之間銷聲珪社燕王畫炭徐姬但解續鬚國主稱戈婁妃空閫製曲若茲之煥煥蕭徽增宗英揚揚繡旗流輝女史始則飛蟲同夢軌秀天嬪終則寡鵠悲鳴義成地道實足式蕃閫以引訓峻徽音而永歎所由高陽傳淥水之歌杜老詠青州之血

者矣夫蒙莊秋水之篇不談忠義宋玉高堂之賦祇說風流猶且罄逸来今蜚騰衆目況乃立女之重陳八之綱寫出宫詞彷彿風飄神雨吹来急管恐教鬼哭天陰娘子稱兵不復張鄮司小隊夫人崇義恨未奪公地佩刀能無興百世之風聞泣數行而感動也哉客有寄懷荒忽引興無端蜀國搜奇樊梨花不妨有墓（在松潘廳界）秦州覽古王寳釧何必無窰（在長安城外）蒼狗白衣空諸世變金聲玉色視此精神東坡姑聽妄言班固漫稽世典試看褰裙逐馬不愧雍容小妹之名笑他

開府置官空負貞烈將軍之號同治九年歲在上章敦牂嘉
平月王先謙益吾甫序於雲安驛館
長沙楊恩壽塡詞楊彤壽按拍北平魏式曾評點按恩壽字
蓬海自號蓬道人彤壽字六笙恩壽同懷六兄式曾字鏡
余此咏紅樓林四娘事也首破題一曰花陣言恒王命四娘教
宮人戰賜號姽嫿將軍二曰夢謀嘉靖間寇魁作亂於青
州勾結紳士僞稱願撫三日哭師恒王受撫遇害四日完節四
娘率宮人討賊殺從逆紳士力竭自刎五日殲寇孔有徽率

義師偕靖逆將軍殲寇葬恒王及四娘六日證仙建廟祀恒王及四娘官民婦女悉往哭奠所敘事迹與原書頗多附會傳奇往往如此不足怪也攷新安張山来（潮）虞初新志有侯官林西仲雲銘林四娘記淄川蒲留仙（松齡）聊齋誌異新城王貽上（士禛）池北偶談均記林四娘事頗有異同德清俞蔭甫（樾）壺東漫錄證諸（明）史謂即是媲嬙咸陽李孟符（岳端）春冰室野乘又疑媲嬙即永甯王世子妃彭氏夫小說本寓言八九必求其人以實之未免刻舟之見姑備錄諸說於卷尾以廣異聞

焉

紅樓夢傳奇上卷三十二闋下卷二十四闋

春舟居士序曰今世豔稱紅樓夢小説家之别子也其書有正有續積卷凡百五六十前夢未圓後夢復入雖有佳夢何其多也吾友仲子雲澗以玉茗才華游戲筆墨取是書前後夢删繁就簡譜以宫商合成新樂府五十六劇闋目備情韻流可使尋其夢者一炊黍頃而無不了然黄粱耶仙枕耶抑何簡妙乃爾耶夫辭尚體要久矣昔李延壽芟五代八書之蕪成南北二史歐宋修唐書事則增而文則減其斯爲

文人之巨筆與今仲子有此妙才試取古今大事記提綱挈領成一家言又豈徒占夢中之夢云爾哉於其督序遂書以廣之河間春舟居士題

曾賓谷燠都轉題曰夢中死去夢中生生固茫然死不醒試看還魂人樣子古今何獨牡丹亭　不解冥冥主者誰好爲兒女注相思許多離恨何嘗補姑聽文人强託辭底事仙山有放春爭妍逐豔最傷神真靈亦怕情顛倒入世蛾眉不讓人　櫳翠怡紅得幾時葬花心事果然痴一

園畫作埋香塚不獨芙蓉竪小碑　有情爭欲弔瀟湘說夢
入都墮夢鄉與秦玉圓辭閑免教辛苦續西廂
鉛山蔣藕船知讓題曰傳奇演義競排場瑣碎荒唐兩不
妨十斛珠穿絲一縷難將此事付高王　童憨稱戲了無猜
富貴家兒才不才天遣口中銜石闕情場紅翠合生埋　黛
痕眉影可憐生剗響釵光別有情嬌鳥一羣聲萬種同名士悅
傾城　文章佳處付雲烟竟有文鱗續斷弦恩怨分明仙佛
幻入心只要月常圓　各樣聰明各種癡一人情態一花枝

虧他五色生花筆寫到兴义合拍時
清江黃貴生 郁章題曰鏤月裁雲苦費情眼前說夢可
憐生且從夢境看天上翠榜金書十二城 深苑東風著意
吹嬌紅慘綠大離披葬花絶好埋憂地爭奈春來又滿枝
留仙裙拚合歡糢生死悲歡兩意諧多分靈芽才補恨世
間奇福是荆釵 歌喉一串淚珠成關馬清辭此繼聲唱
出相思滿南國故應紅豆擅卸名
丹徒郭厚菴 堃 題曰冰絃檀板度新歌衹賺癡兒拚淚波

一樣騷人心事苦當場難得解人多　石頭何處證三生路
滑原難放步行釵釧玲瓏師子吼檀郎認得阿誰聲　分
明三業事多端莫認當前作夢看此是羯磨真實語不
曾些子把人瞞　迷海為魚事豈殊懺除回向費工夫花
前為按鳥蘭譜似見光明大寶珠
儀徵詹石琴肇堂題曰獨秀神芝王茁芽百花叢擢一枝
花極矜嚴處真癡愛兒女私情亦大家　氣到薰蕕自不
同浮花浪蕊扇雌風情深正願和情死枉費蛾眉妒入宮

小鳳雖皇合一群憐香底事逼香焚填詞若準春秋例首惡先誅史太君　何必重生乞玉魚神瑛原是列仙儒一家眷屬生天去小婦芙蓉婦絳珠

吳州俞潄夫國鑑題曰天遺多情聚一家情多翻種恨根芽若非補恨拈紅豆爭得情緣證茜紗　露華深護玉山禾消到卿卿眼淚多顧我愁心何處寄半生清淚亦如波　返魂續命幾曾真幻結人間未了因不枉葬花心事苦三生總有葬儂人　漫勞鴆鳥妒鸞皇總付荒唐夢一場

勘破溫柔鄉裏事安心同住白雲鄉　讀罷新編已惘然那
堪頑曲更當筵願將結習消除盡複解南華第二編
古蓼祝葦艇慶泰題曰前因後果妙於該一片癡情任翦裁不
是詞人偏愛憎妒花風雨太無才　死去生来事有無却勞補
恨費工夫人間大抵都歸夢何必傷心為絳珠
興化徐竹鄉鳴珂題曰風月偏宜錦繡堆大家兒女費安排
傷心紫府司花冊猶記金陵十二釵　頑石分明是化身等閒
休負滿園春當頭好月能逢幾且飲醇醪近婦人　今古情

絲一夢中誄花埋玉恨難窮返魂縱有靈香爇幻果都歸色相空　吳霜點鬢奈愁何拍板新詞子夜歌翦燭更翻紅豆譜與君一樣淚痕多

北平袁棠邨　鏞　題曰西江月曰命薄果然命薄情多實是情多多情薄命可如何替天補過　半枕紅樓殘夢一編紅豆新歌酒闌燈灺淚如何直把唾壺敲破

吳州陳澧塘燮題曰蒙莊妙悟啓元風錦繡叢中證色空嬌鳥一聲絲百文可憐辛苦為怡紅　成佛生天亦偶然

癡兒騃女苦縈牽西風一掬瀟湘淚化作冰珠箇箇圓　崔
裊金線對銀釭慘淡情懷影不雙一轉風輪成小刼爐烟常
傍茜紗窗　脂盝陽秋絶妙辭年年紅豆種相思傷心更
有憐香閣淚盡寒潮剪雨時
涪陵鄭延清漱寧題曰世事都如夢紅樓夢最新由來真
似幻何必幻非真雨館殘燈夜梅花異國春一聲猿臂起
愁淚幾沾巾
甘泉張涵齋彭年題曰彩雲一片斷仍連重證情緣勝得仙

幻境太虚原不幻紅樓恨舊補人天　脂粉叢中葬復朝
茜紗窗下黯魂消露華記否當年事雨雨風風慰寂寥
淚盡瀟湘念未灰薰人花氣暗相摧豈知珠草回春日猶
帶芙蓉一例開　緣逢深處天偏妒情到真時死不休千
古傷心詞客慣兩行淚灑筆花秋

吳州姜桐仙鳳喈題曰如泡如夢熟孰為真參透元機迴出
塵一管生花能警幻更於何處覓仙人　聽雨瀟湘奈若
何埋花心事費摩挱大觀園裏炎涼態爭怪杜鵑紅淚

多　過眼風花聚散輕一羣嬌鳥各鍾情憑誰喚醒怡紅
夢櫳翠庵中磬一聲　又見還魂事可傳别裁新體繼臨川
春燈挑盡如年夜當讀南華内外篇　莫怨名登薄命司花
天月地恰相宜一生紅豆邨中過此福人間更有誰
秣陵黄秋舲鈺題滿庭芳曰新裏翻新慧中參慧豪端如
許風流生香豔語一字百温柔費盡玲瓏心孔開譜出萬
種綢繆人離恨天猶難補才子筆能勾　無儔須要用黄
金鑄版白玉雕搜付二八娉婷絶妙歌喉檀板輕敲低唱細

描摹一覺揚州今古事無非夢境豈獨是紅樓

吳州吳曉嵐會題曰紅樓無夢不成春夢到紅樓轉似真錦色濃香花世界誰人不是夢中人　我住紅樓二十年而今夢醒大羅天鬘華不現空中相那得重尋夢裏緣　多君說夢警癡頑入夢蒼黃出夢閒不是先生無夢後爭教此曲到人間

吳州仲雲江振履題曰十二金釵半折磨生生死死奈情何却憐情海波千尺不抵顰卿淚點多　絳珠宮裏春空

老青埂峯前月易斜只有芙蓉情種子年年開作斷花

公子佳人總太癡癡情何必仗仙慈一聲玉笛高吹起即是

紅樓夢醒時

原題吳州紅豆邨樵填詞同里刊亭居士按拍姓名均未詳

攷春舟居士序稱作者姓仲字雲澗卷首題詞有吳州仲

振履字雲江者當是作者兄弟行上卷三十二齣演前夢事

下卷二十四齣演某廣文後夢事合前後夢而爲之未免有

失原書本旨然當時貴族豪門每於燈紅酒綠之餘令

二八女郎歌舞於紅氍毹上以娱賓〻客而葬花一齣尤爲人所傾倒至於淨扮賈母不敷粉墨副淨扮鳳姐丑扮襲人皆敷粉豔妝不敷墨隱寓貶斥獨標卓識未可以詞曲小之儀徵詹石琴肇堂題詞有句云填詞若準春秋例首惡先誅史太君亦作者之意也

吴克歧 读红小识

吴克歧《读红小识》

吴克歧之《读红小识》大约写成于一九二六年，自序中言『《红楼梦》为清代小说第一杰作，且有设会研究，尊为红学者』。吴克歧对《红楼梦》版本、续书、索隐、题咏都有所论列，并将自己研究所得，贡诸读者，共有《红楼梦作者》《红楼梦原本八十回后佚文》《红楼梦原文补遗》《红楼梦正误》四种。现均藏南京图书馆。本次收录版本为国家图书馆藏抄本《红楼梦正误》一卷。（疑原书为残卷，本书398页与399页间缺页）

讀紅小識

紅樓夢正誤用戚本六

第七十四回說柳家的和他妹子是夥計雖然他妹子出名其寔賺了錢兩個人平分。徐本柳家的作他雖然句無其寔二句作賺了許分非是

柳家的得了此信便慌了手脚因思素日与怡紅院的人。徐本得了作聽得便作更無日字誤

不若来約同迎春去。徐本去下有討情二字誤

趂早贖了来。徐本贖作取誤
二人方分路散了。徐本路下有各自二
字誤
凡他妹子所爲。徐本無他字誤
而且自己反賺了一身病。徐本自己無
身作場誤
我且養病要緊。徐本我作不如養作自
家養々要緊誤
我也做個好々先生。徐本做個作会做
先還挪二百銀子。徐本還挪作借誤

我因沒處遷挪。徐本遷挪作借誤

就有地方遷挪。徐本遷挪作挪移誤

你就搪塞我說是沒地方了。徐本搪作

唐說是作你就了作兜誤

說了出来也未可知。徐本了在来字下

都跪下賭咒發誓。徐本咒作神

他們必不敢多說。徐本說下有一句話

三字誤

把我的金項圈拏来且暫押二百銀子来

。徐本項圈作首飾且暫作在去誤拏来

無宜作拏去方妥
狠不用。徐本用作必誤
不知爲何事親来。徐本無爲字親来無大誤
平日見了這般光景心内着慌不知怎麽樣了。徐本光景句心内句無樣字無大誤
自已坐在臺基上。徐本基作階
不知有何等事。徐本無等字誤
是十錦春意香袋。徐本是上有見字誤」

把你當個細心人。徐本把作念當作是
大誤
大天白日裡。徐本無裡字誤
不虧你婆々遇見了早已送到老太太跟
前去。徐本遇見了作看見去下有了字
鳳姐聽了也變了顏色忙問太太怎知是
我的。徐本了作滑變作更怎下有麽字
知下有道字誤
年輕人兒閨房私意是有的。徐本輕下
的字兒屬下句閨上有女字大誤

尚未撿得。徐本撿作拾下同得作去誤」
請看帶了穗子。徐本作帶連穗子誤
馬肯帶在身上。徐本無帶字上下有常
帶二字誤
况且又在園裡。徐本裡下有去字誤
不但在姊妹前究是奴才們看見。徐本
前下有看見二字無們字誤
算起奴才来比我更年青輕的又不止一
個人了。徐本来在起字下無人字誤
他了常帶過珮鳳等人来。徐本無他字

等人作他們誤
馬知又不是他們的。徐本馬上有又字誤
五則園內太多。徐本五則作況且誤
偷著出去。徐本著作了誤
不過我氣急了咢話激你。徐本急了無
無咢字話字你下有的話二字誤
但如今却怎麽處。徐本但下有只字誤
說是從傻大姐手裡得的把我氣了個死
。徐本無上句
暗々訪查纔得確寔總然訪不著外人也

不得知道這吋做肐膊折了在袖内。徐本查作察纔得句作才能淂這個寔在着作出得作能這吋句無革了許多的人。徐本無的字誤来旺来興两家的。徐本旺下有家的二字與作喜無两字方才正是他送了香袋来的。徐本方才在正是下無了字誤令見他来了打聽此事十分關切。徐本無了字十分句無大誤

心裡大不自在要尋他們的事故。徐本
心上有他字事故作故事誤
正撞在心坎上連忙應道。徐本撞作碰
上作裡連忙無大誤
欺負了他姑娘們了。徐負作侮
誰還當得起。徐本還當作敢担誤
這也是有的。徐本無是字誤
他就立起兩個吊眼睛来罵人妖々嬈々
。徐本無吊字嬈々作調々誤個作叟宜從
我也忘了那日的事。徐本也作已誤

況且又出了這事。徐本無這字了作来這
下有個字誤
倘或被這蹄了。徐本被作叫大誤
因叫自己的丫頭来吩咐他到園裡去只
說我說的話叫他們留下襲人麝月服侍
寶玉不必来有一個晴雯最伶俐。徐本
無的頭下有過字到園裡作道你說的話
作有話問他叫他們無最作是大誤
釵歪鬟鬆。徐本歪作斜
打量我不知道呢且放著你。徐本呢作

麽且上有我字誤
老太々大罵了我一頓說。徐本無大字
一頓無說字無誤
我聽了這話纔去的。徐本這話作不敢
不去誤
自後我留心就是了王夫人信以爲寔。
徐本自作從此寔下有了字誤
喝聲去罷。徐本去罷作出去
我竟沒看見。徐本無我字誤
只管交給奴才。徐本無管字給作与誤」

如今要查這個主兒也極容易。徐本主兒無也作是易下有的字大誤

我們竟給他們個猛不防。徐本個作的猛作冷誤

自然還有別的東西。徐本東西無誤

喝命園門皆鎖上從上夜的婆子處抄揀起来。徐本園作將角鎖上作上鎖從上有便字揀作撿下同来在處字下誤

到了晴雯的箱子。徐本無了字誤

嚮啷的一聲。徐本作豁琅一聲

兩手提著底子朝上往地下盡情一倒。
徐本朝上無盡情無大誤
你們可細細的查若這一番查不出東西
來。徐本無們字東西無誤
都細々的翻著看了。徐本都上有盡字
細々的作細著看無誤
雖有幾樣男人的物件都是小孩子的東
西。徐本兩的字無誤
想是寶玉的舊時物件。徐本無時字件
字誤

偺們就往別處去。徐本往作走罷再瞧
誤

我也這樣。徐本作我原是這意思

黛玉已睡下了。徐本無下字誤

忙按住他不許起來。徐本許作叫非是」

所以引出這等醜態來。徐本等作些

所以越性大家搜一搜。徐本越性無

探春冷笑道。徐本無冷字大誤

妹々別錯怪了我何必生氣。徐本無下句」

自然連你們抄的日子有呢。徐本無連字」

自己家裡好好的抄家果然真抄了。徐
本家裡作盼著然下有令日二字
雖死不僵。徐本雖死作死而
可細々的搜明白了。徐本無的字誤
我已經連你的東西都搜查明白了。徐
本無我字查作察誤
探春便又問衆人。徐本無便字誤
那裡有一個姑娘。徐本無有字誤
連王夫人尚且另眼相看。徐本尚且作常誤」
由著你們欺負他。徐本負他作侮

你不該拏著我取笑牠兒。徐本無着字誤
便親自解衣卸裙。徐本便下有要字衣
卸裙作鈕子大誤與下文束裙句不應
就瘋々顛々的起來。徐本無的字誤
探春喝命了頭道你們聽著他說話還等
我和他對嘴去不成。徐本無道字著作
見對作拌誤
嚇的不知當怎樣。徐本怎樣作有什麽
事故
爲查姦情。徐本查作察誤

我老子娘都在南方。徐本我下有們字誤
二嫂子你要打他。徐本無你字
這話若果是真呢。徐本這話無是字無誤
只是不該私自傳送進来。徐本私自作親大誤送當作遞下同
我就不依。徐本就作也誤
我看他素日還好。徐本素日無好作使得非是
方往迎春處来。徐本處来作房内去誤

先從別人箱子搜去起。徐本無搜字誤

纔要闖箱。徐本箱下有將字誤

並一雙緞鞋来。徐本緞作段無来字誤」

不成個字。徐本無個字誤

遂喚兩個婆子監守起来帶了人拏了贓

証回来且自安歇。徐本起来無帶上有

且字且字無誤

等到明日辦理。徐本辦作料大誤

獨我的丫頭這様没臉。徐本這様無誤」

又没個輕重雖然是小孩子的話都又能

寒人的心衆媽々笑道。徐本無個字雖
是二句作真々的叫人寒心媽々笑作人
都勸說誤
我們是糊塗人不如你明白何如。徐本
無是字何如無誤
尤氏也不答言。徐本言作應誤
第七十五回因悄々的回道。徐本回在
道字下誤
看邸報。徐本省下有見字報下有上字誤
李紈近日也略覺清爽了些。徐本無略

字清作精誤
你過来了這半日可曾在別處屋裡吃些
東些没有。徐本你過来了可吃些東西
非是
我也不餓。徐本我上有況且二字誤
尤氏仍出神無語。徐本無仍字誤
這會子趁便可洗一洗好。徐本洗作淨
奶々不嫌髒這是我的噥着用些。徐本
髒上有骯字這是句無噥作能誤
人報寶姑娘来了。徐本人上有只見二

字無了字誤

因問怎麽忽然一個人走了别的姊妹怎麽都不見。徐本忽然在人字下下句怎麽無誤

尤氏也只看着笑李紈笑。徐本無只字誤」

我自然打發人去。徐本自然作且誤

也不必要死住着纔好。徐本不下有在字誤」

誰叫你趕熱灶来了。徐本趕作趁来上有火字

寔告訴你罷。徐本無寔字誤

我就打發我奶媽子出去打聽。徐本無我字我奶媽子出去作人四下誤

這倒也是正理。徐本理作禮誤

早有媳婦丫頭們抬過飯桌来。徐本早有無丫頭無来字無誤

只揀了一樣椒油蓴齏醬来。徐本齏作薺

這兩樣看不出是什麽東西。徐本兩作幾西下有来字大誤

是大老爺送来的。徐本送来作孝敬

便命將那兩樣。徐本兩作幾誤

這正是巧媳婦做不出沒米的粥來了。徐本無這字了字誤

一時王夫人也去用飯。徐本無去字大誤

薛蟠更是出名的獃大爺。徐本更是無大爺作公子非是

賈珍見他酒後絮々叨々恐被衆人聽見不雅連忙用言語去解釋。徐本後作醉絮々叨々無恐被衆作外無連字去字釋作勸誤言語作話宜從

這就是北院裡大太太的兄弟。徐本無就字誤

因還要再往下聽時。徐本再往下無誤」

一面說一面便進去卸妝安歇。徐本一面說說無誤

就有人回西瓜月餅都預備全了只待分派送人。徐本都預備作卻待作淂大誤」

尤氏只淂一一分派。徐本尤氏只得無誤」

聽見說外頭有兩個新來的南京人。徐本無說字南京在個字下無人字誤

上下如銀。徐本作銀漢微隱誤

賈珍要行令尤氏便叫佩鳳等四人入席。徐本要行令尤氏無便叫㮀作因命人下有也都二字誤

猜枚劃拳。徐本劃作猜

喉清嗓嫩。徐本嗓清作韻雅

賈珍酒已八分了。徐本無了字誤

都悚然疑畏起。徐本都下有毛髮二兩疑畏起來無誤

比先更覺涼颯起來。徐本涼颯作凄慘

誤
只比別人撐持淂住些心下也十分疑畏
。徐本撐持作掌下作裡疑作警誤
仍閉上門照舊鎖上。徐本仍下有舊字
照舊作看著上作禁起來誤
弓也長了一個力。徐本弓上有而且二
字力作勁大誤
打開却也罷了賈珍道。徐本道作答應
誤
嘉蔭堂前月臺上。徐本無前字誤

秉著風燭。徐本無風字大誤
忙著到那裡去鋪設。徐本忙上有就字
到作在無去字誤
賈母方扶著人上山。徐本山下有来字」
於是賈赦賈政等在前引路兩個老婆子
秉著兩把羊角手罩燭。徐本路作導兩
上有又有二字無燈字誤
便遇見了幾個朋友。徐本無遇字誤
就在朋友家裡睡著。徐本就作便誤
你替我舔々就饒你。徐本舔々作舚々

大誤下同
就怎麽輕狂。徐本就作你麽作樣
不如不説的好。徐本無的字誤
只不許用那些冰玉晶銀彩光明素等樣
堆砌字眼。徐本那作這冰玉晶銀作水
晶冰玉銀樣在字字下無眼字誤
要另出己見。徐本己作主誤
知無甚大不好。徐本無大字誤
便問心見鉄即死。徐本即作就誤
衆人都笑起來。徐本人下有聽説二字

賈赦聽見便知自己失言冒撞賈母疑了心。徐本見作説便作自自己無失作出無了字誤

且行起令来。徐本無起字来字誤

總屬邪派。徐本屬作然誤

古人云有二難你兩個也可稱二難了。徐本云作中可下有以字誤

只是你兩個的難字却要做難以教訓的難字講纔好。徐本只下有不字你兩作那一無的字要作是無的字誤

哥々是公然以溫飛卿自居。徐本無以字誤

第七十六回方又入坐。徐本入坐作坐下非是

也都有些沒興。徐本有些無誤

可見天下的事。徐本無的字誤

賈母聽說忙命兩個快去看。徐本說作了命下有了字誤

使不得使不得你們小夫妻家。徐本使不二句無家下有使不得三字大誤

今夜也要團圓團圓。徐本也作不誤

這裡賈母仍帶衆人賞了一回桂花○徐
本賈母仍帶無誤帶下宜增一着字
嗚々咽悠咽々揚々吹出笛聲来○徐本嗚
咽悠揚無叠字誤
真令人煩心頓解萬慮齊消○徐本無人
字解作釋消作除誤
都肅然危坐默相賞聽○徐本無都字默
下有然字誤
寔在好聽○徐本好作可大誤
偏天亮纔歇○徐本偏下有到字纔歇無誤」

一面戴了兜巾披了斗蓬。徐本一面作披字上戴了作戴上又發出一縷笛音來。徐本無又字誤大兒子是一個眼睛二兒子是一個耳朵。徐本是皆作只只見賈母已朦朧雙眼似有睡著之態。徐本見下有席上二字著作去誤忙和王夫人輕々請醒。徐本無忙字請醒作叫請賈母安歇大誤白閑々眼養神你只管説我聽著呢。徐

本白作自你下有們字譌誤
夜已四更了。徐本四更作深誤
那裡就四更了。徐本作什麽候大誤
寔已四更。徐本寔已作已交大誤
你們也熬不慣夜。徐本無夜字誤
只有三丫頭可憐見兒的尚還等著呢。
徐本有作是見兒的無呢字無誤
我們要散了。徐本無要字誤
這裡衆媳婦踈收杯盤碗箸時。徐本踈
收作收拾碗箸時無誤

必是誰失手打了撂去那裡告訴我拏了
礶瓦子交收是証見。徐本無誰字撂作
撥無子字誤
或是問々他們去一語未了提醒了這管
傢伙的媳婦因笑道。徐本無是字末了
作便這管傢伙的作那無因字誤
我瀏茶給姑娘吃的轉眼回頭就連姑娘
都不見了。徐本我下有因字轉作展都
不見作也沒誤
只怕在那裡走了走如今見老太々走了

○徐本了下有一字無見字誤

就不忙了明兒就和你要罷說畢回去仍查收傢伙。徐本必不下有必字無就字仍字傢伙作家貨誤

王夫人再三遣他去睡他便去了。徐本王上有只字三作四便作從此誤

探春又因近日家事著惱。徐本著惱作惱著誤

終不及近水更妙。徐本終作總水下有賞月二字誤

可知當日蓋這個園子時。徐本無時字誤」
只有陸放翁用了凹字說。徐本無有字
了下有一個二字無說字誤
如江淹青苔賦。徐本江淹無誤
偺們就在這捲棚底下。徐本無這字誤」
二人遂在兩個湘妃竹墩上坐下。徐本
湘妃無誤
真令人神清氣爽。徐本清在氣字下誤」
只聽笛聲悠揚起来。徐本聲作韻誤
到是助偺們的詩興偺們兩個都愛五言

。徐本無詩字與下有趣了二字無們字
誤
偺們數這個欄杆的直柱。徐本柱作棍
誤
他是第幾根就用第幾韻若十六根便是
一先起這可新鮮。徐本根作棍用作是
若十三句無大誤
便從頭數至盡頭止得十三根。徐本無
得字誤
偏又是十三根元字這韻少作排律只怕

牽強不能押的穩呢。徐本無根字字作
了這下有個字韵下有可用的三字押的
穩作壓韵大誤
只是沒個紙筆記。徐本個作有誤
不妨明兒再寫只怕這一點記心還有。
徐本不妨無記心作聰明大誤
對的此我的恰好只是這句又說熟話了
就該加上勁說了去纔好。徐本對的作
對熟作俗無上字了字好作是誤
我說你是不曾見過書呢。徐本無是字」

你看了来再説。徐本来在再字下

這也難不倒我。徐本無這字我字誤

别躭悞了工夫。徐本悞了作擱誤

只是不犯著替他們頌聖去。徐本無是字誤

只是難對些。徐本無是字誤

擬景或敲門。徐本景作句敲作依

漸聞語笑寂。徐本語笑作人語誤

這一句怎麽押韵。徐本押作一大誤

這也罷了只是秋湍這一句虧你好想。

徐本這也作也還只是句無這字誤
這句對的也還好只是下一句。徐本無
句字下作這誤
敢是個鬼罷。徐本無罷字誤
這個鶴有趣。徐本這上有正是二字誤」
何等有景。徐本何等作本来誤
你不必得意。徐本得意作誇嘴非是
冷月葬花魂。徐本花作詩下同
不該作此過於凄楚奇譎之語。徐本作
此在過於下

下句竟還未得只為用工在這一句了。
徐本無上句大誤
果然太悲凄。徐本凄作涼
只是方纔我聽見這一首詩中。徐本無
我字詩字誤
只是過於頹喪凄楚。徐本喪作敗誤
滿園的人想已睡熟。徐本想下有俱字
熟下有了字誤
你兩個的丫頭還不知在那裡找你們呢
他們也不怕冷著了。徐本無的字你們

無著字無誤
現去烹茶。徐本無去字誤
却是紫鵑翠縷。徐本無是字誤
要我們好找。徐本要作要大誤
一個園子走遍了。徐本子作裡誤
我就問他們。徐本就作們誤
聽見大家說往庵裡去。徐本說在見
字下誤
自己却取了筆硯紙墨出来。徐本無
己字誤

叫他二人念著遂從頭至尾寫出来。徐本叫作命至尾無誤

我們的雖不好。徐本無的字誤

到底還要跌到本来面目上去。徐本無要字誤

妙玉遂提筆一揮而就。徐本無遂字誤

石奇神鬼搏。徐本搏作縛誤

罘罳曉露屯。徐本曉在露字下誤

黛玉湘雲皆稱賞不已。徐本皆作二人稱賞作稱讚誤

你怎麼還没睡著。徐本無你字誤
湘雲笑道我有擇席的病。徐本笑上有
微字有下有個字誤
你怎麼也睡不著。徐本無麼字誤
第七十七回鳳姐的病已比先減了些。徐
本無的字已作也無些字誤
王夫人命人取時尋了半日。徐本命人
取時作即時翻誤
都歸攏在一處。徐本都作多無攏字誤
彩雲只得又去找尋了幾包藥來。徐本

尋下有挐字葯下有材字誤
除了這個再沒有了。徐本無再字誤
不知是些什麽東西。徐本是些作都是
東西無誤
也只有些參羔蘆鬚。徐本羔作膏誤
雖有幾枝。徐本枝作根誤
那夫人說因上次没有纔往你太々那裡
去尋。徐本那夫人無你太々無那作這
去作来誤
皆是手指粗的。徐本是作有指下有頭

字的作細不等誤
遂稱了二兩與王夫人。徐本稱作秤誤」
命人送與醫生家去。徐本命人作就令
小廝誤
只過了一百年後自己就成了灰了。徐
本無了字自上有便字無就字誤
已成了朽株枯本也没性力的了。徐木
朽株枯作糟朽爛性力作力量誤
你就去說給外頭的人們揀好的換二兩
来。徐本無的字来字誤

如今外頭買的人參。徐本買的無誤

他們也必截作兩三段。徐本無作字誤」

叫哥哥去託個影計過去。徐本無叫字誤」

和參行說明叫他把未做的原枝好參兑二两來。徐本說明作裡叫他二句作要他二两原枝來誤

這會子輪到自己用皮到各處求人去了。徐本已作家求人去了作尋去誤

究竟不過是藥。徐本究竟作總誤

偺們比不得那沒見識面的人家。徐本

識作世誤
這話狠是。徐本狠作也誤
遂喚周瑞家的來。徐本無來字誤
可滑個下落。徐本無個字誤
周瑞家的已和鳳姐等人商議停妥。徐
本已上有是字誤等人無宜從
不肯出頭況且又是他外孫女兒。徐本
頭下有了字孫作甥大誤
又來說什麽豈不反躭擱了。徐本麽下
有了字反作倒誤

都有個偷懶的樣兒。徐本個作些的樣兒無誤

這也倒是。徐本是下有的字誤

周瑞家的聽了吩咐。徐本了吩咐作說誤

寔指望迎春能保下的。徐本迎春無保字無下的無誤

如今怎麽連一句話也設没了。徐本了作有誤

周瑞家的等說道你還想姑娘留你不成。徐本無等字想作要誤

依我們的話好快々收拾了。徐本好在
話字上無拾字了下有這樣子三字誤
將來終有一散不如你各自去罷。徐本
終作總無你字自作人誤
倒底是姑娘明白。徐本倒上有所以二
字誤
只得含淚向迎春磕頭和衆姊姐作別。
徐本迎春作姑娘磕作叩姊妹作人作作
告大誤
迎春亦含淚答應說你放心。徐本說你

司棋又哭告道。徐本又上有因字誤
辭他們做什麼他們看你的笑聲兒還看
不了呢你不過挨一會是一會罷了難道
就算了不成。徐本他們二句無罷了無
就字無誤

不許少捱一刻。徐本一作時
你好歹求求太太去。徐本無你字誤
晴雯也氣病了。徐本了作著誤
這却怎麼的好。徐本的作著誤
別想著往日有姑娘護著。徐本想著々

字無誤

你還不好々兒的走如今又和小爺們拉拉扯扯的成個什么體統。徐本好的兒無又和作有了們作見面又無的字個什麽作何誤

那幾個媳婦。徐本媳婦作婦人誤

拉著司棋就出去了。徐本就作便

看々已去遠了々徐本看々作看去作走誤

但凡女兒個々都是好的了女人們個々都是壞的了。徐本無但字兩都字無了

字無女人們作男人大誤

也不錯也不錯。徐本無两也字誤

只見幾個老婆子走来。徐本只見作這誤」

太々親自来園子裡在那裡查點人呢。

徐本太上有些刻二字来作到無子字在

那裡無點字無誤

今兒天静了眼了。徐本眼下無了字誤」

親自查點便料定晴雯也保不住了。徐

本無自字點字定作道誤

一臉怒色。徐本臉作面誤

如今現從炕上拉了下来。徐本從作在」因問誰是和寶玉一日生日的。徐本的在生字上誤

是同寶玉一日生日。徐本句下有的字」都不知道呢。徐本呢作麼誤

王夫人即命也快他家的人叫来。徐本無的字

並不敢調唆什麼来。徐本来作了誤

就賣他外頭尋個女壻去罷把他的東西。徐本尋作找無去字把字誤

因說道這纔乾淨。徐本無道字誤
因又吩咐襲人麝月等人你們可要小心
。徐本因字無可要無誤
哭也不中用了。徐本無了字誤
晴雯今兒已經好了他這家去倒清淨養
幾天。徐本今兒無這下有一字清作心
誤
慢々叫他進来也不難。徐本叫他作的叫
誤
太々只嫌他生的太好了。徐本無了字誤」

太々都知道。徐本道下有了字
想是還有别事等完了再發放我們。徐
本别下有的字等作尋誤
過於伶俐些未免倚强壓弱惹人厭。徐
本無些字弱作倒了人誤
未免奪佔了地位。徐本無佔字誤
口角鋒鋩些究竟也不曾得罪你們。徐
本無些字不曾作没你們作那一個大誤」
裡頭一肚子的悶氣。徐本無的字誤
忙握他的嘴。徐本握作掩誤

别弄的去了三個再饒上一個。徐本無别字再作又誤

央一個老婆子帶他到晴雯家去瞧々。徐本瞧々無誤

我還吃飯不吃。徐本句下有飯字誤

一眼就瞧見晴雯睡在蘆席土炕上。徐本瞧作看在下有一領二字土炕無誤

又受了哥嫂的一夕話。徐本一夕作歹誤

纔朦朧睡著。徐本著作了誤

强展星眸。徐本星作雙

忙一把死攥住他的手。徐本無忙字攥作搭誤

寶玉也只有哽咽的分兒。徐本的作之無兒字誤

你来的狠好且把那茶斟半盞給我嗑渴了這半日。徐本無狠字盞作碗無給字嗑作吃無這字誤

那蘆臺上就是。徐本那作在就是無誤

雖有個黑沙吊子却不像個茶壺。徐本沙作煤烏嘴却作也

看時絳紅顏色。徐本顏色作的誤
快遞給我嚐一口罷。徐本無遞字誤
我已知道橫豎三五日的光景。徐本無
道字豎下有不過二字誤
我雖生的比人略好些並沒私情密意勾
引你怎樣。徐本此下有別字無略字密
意無無你怎樣無誤
腕上猶帶著四個銀鐲。徐本帶作戴誤」
敢是來調戲我麼。徐本敢作你敢只誤」
忙陪笑央道好姐々快別大聲。徐本央

下有及字聲下有的字誤
我私自出来瞧々他。徐本無出字誤
你不叫我嚷也容易只是依我一件事。
徐本你下有要字嚷作喊也上有這字誤
姐々放手有話好說。徐本放作撒開好
作喒們慢々兒的
越發自尊自重。徐本尊作要誤
總不與寶玉狎暱比先幼時反到疎遠了
。徐本暱作昵幼作小誤
寶玉夜間常醒又極膽小每醒必喚人因

晴雯睡卧警心且舉動輕便。徐本常醒
無又極無警心作驚醒且舉句無誤每醒
句作醒了便要喚人可從
方漸々的安頓了略有鼾聲。徐本無的
字略有句無誤
襲人忙睜開眼連聲答應。徐本睜開眼
無誤
襲人忙下去向盆内蘸過手從煖壺内倒
了茶來吃過。徐本作襲人倒了茶來誤
他一乍來時你也是睡梦中直叫我半年

後纔改了。徐本無一字時字是作曾無
直字我下有的字半年作已誤
只見晴雯從外頭走來。徐本無頭字誤
這是那裡話你就知道。徐本是下有說
字你就句無誤
立刻叫開前角門。徐本立刻無誤
故此要帶他去。徐本他下有們字誤
忙一面命人問時。徐本無忙字誤
他自去取衣服。徐本無服字誤
只拏那二等成色的來。徐本二作三誤

拏作揀可從

未免强你們做詩。徐本强作叫誤

寶玉須得帮助他們兩個。徐本得帮作隨便誤

茶也不吃飯也不吃。徐本作茶飯都不吃

或是就依他們做尼姑去。徐本無就字

我們也沒這福。徐本無也字誤

還鬧不鬧了。徐本無了字誤

巴不得又揚兩個女孩子去好做活使喚。徐本巴不得又作就想無好字誤

因都向王夫人道太々府上。徐本無因
字道作説太々無誤
如今這三個姑娘。徐本這作兩大誤姑
上宜加一小字可與上文應
他們既經過了這富貴又想從小兒命苦
入了這風流行次。徐本無過字兒字這
字誤
王夫人原是個好善的。徐本無好字的
作人誤
令聽了這兩個姑子的話。徐本姑作揚

大誤
且又有官媒婆来求說探春等事。徐本
無婆字事字誤
你們就帶了做徒弟去如何呢。徐本無
呢字
可是你老人家陰德不小。徐本無你字誤」
你們問他們去。徐本問作叫無們字誤」
忙命人取了些東西來都賞了他們。徐
本人下有來字無都字了字誤
第七十八回丫頭也大了而且病又不離

身。徐本那下有個字且下有一年之間四字誤

老太々還有什麽不曾經驗過的三年前我就留心這件事。徐本驗作歷我下有也字誤

先只取中了他色々比人强。徐本他下有我便留心看去他七字宜刪

若說沈重知大體。徐本若說沈重無誤」

却也要性情和順。徐本無却字誤

就是襲人的模樣雖比晴雯略次一等。

徐本就是無略字無誤

也算是一二等的了。徐本是作得無的了字誤

這幾年來從未逢迎著寶玉淘氣。徐本無來字逢迎作同誤

我就悄々的。徐本無就字誤

劈出二兩銀子來給他。徐本劈作批誤」

纔回明了老太々。徐本無了字誤

我只說他是沒嘴的葫蘆。徐本無他字」

只見迎春打扮了前來。徐本扮作妝誤」

伺候過早飯。徐本無過字誤
賈母歇晌午覺。徐本午覺無誤
我已是大好了。徐本無是字誤
我也不喜歡他。徐本無我字誤
他這去必有原故。徐本故下有的字誤」
别是寶玉有口無心孩子似的。徐本口
作嘴孩子似的作從来沒個忌諱誤
却像個孩子。徐本個孩作儍誤
最有儘讓。徐本儘作仁大誤
現也有了老婆子在內我們又不好搜撿

他恐我們疑他。徐本無子字他作了屬上句誤
分晰前日的事。徐本事下有情字
家裡兩個靠的女人也病着。徐本裡作中也作又無着字誤
我趁便出去了也。徐本無出字誤
我正好明講出情理來。徐本講出情理來作回誤
好搬東西出去。徐本出去無誤
正經仍搬進來的為是。徐本仍作再無

的字誤
反疎遠了親戚。徐本反作又大誤
並沒為什麽事我出去我為的是媽近日
神思較先大減。徐本我作要媽作媽々
日作來較作比誤
而且夜間晚上。徐本無間字上字誤
通共只我一個二則我哥々眼前要嫂子
。徐本通作統個作二人則下有如今二
字前作着誤
三則自我在園裡。徐本三則作再者誤

就圖省路。徐本作圖省走路誤
設若從那裡做出一件事來豈不兩碍臉
面。徐本做作弄一件無臉面無誤
有在外頭的。徐本無有字的字誤
或做針綫或頑笑。徐本作頑笑作針綫
非是
那園子也太大一時照顧不到。徐本那
上有所以二字也太大作裡一上有倘有
二字到下有的字誤
惟有少幾個人兒就可以少操些心。徐

本無兒字心下有了字誤
也不會失了大家的子體面。徐本會作為
無子字面作統誤
「據我看園子裡的。徐本無子字的字誤」
難道我們家當日也是這等零落不成。
徐本無們字等作樣
王夫人忙問道令兒可曾乏了醜。徐本
無道字曾字醜下有了沒有三字誤
倒揚了東西來了。徐本無倒字東上有
許多二字無了字誤

從二門上小廝們手裡。徐本無們字裡作内誤

王夫人看時。徐本人下有一字誤

玉套环三個。徐本套作綠誤

取出一個蒴檀香的小護身佛來。徐本蒴字

寶玉一一答應畢。徐本作説畢大誤

無奈寶玉一心記掛著晴雯。徐本無掛字誤

不許睡倒。徐本無倒字

一壁便摘冠解帶。徐本壁面誤
只穿著一件松花綠綾子夹襖。徐本無
綠字誤
是晴雯做的。徐本做的作針綫誤
配著松花襖兒。徐本著作了花下有色
字誤
越顯出這靛青頭皮。徐本無這字皮字
誤青下宜加一的字
便止住步道。徐本無住字誤
因吽兩個小了頭跟著。徐本吽作命無

小字大誤

等我一等再去。徐本我在再字上誤

也不怎麽樣只問他二人道。徐本也不句無只作悄誤

没有聽見叫别人。徐本人下有了字誤」

我還親自偷著看他去的。徐本無他字誤」

你怎麽又親自看他去。徐本無你字他字誤

我們不能别的只去瞧々他。徐本的下有法子救他四字只下有親字無他字誤」

就是太々知道了打我一頓也是願受的
。徐本太々作人了下有四了太々四字
我下有們字誤
可就多待些工夫。徐本可就作就可多
作少些作個誤
一時謅不出來。徐本無出字誤
園中芙蓉正開。徐本中下有池上二字
可刪
這了頭見景生情。徐本見上有便字誤」
我曾問他。徐本我下有已字誤

他說天機不可洩漏你既這樣虔誠我告訴你只可告訴寶玉一人。徐本天機三句無誤只上有你字可從

他就告訴我說他是單管芙蓉花的。徐本無他字我作他他作我就單作專誤

必有一番事業做的。徐本做的無誤

又命即刻送到外頭焚化了罷。徐本無送字頭字誤

他哥嫂聽了這話。徐本這下有一句二字誤

一面就僱了人來入殮。徐本無就字亇了字來字入上有立刻二字誤抬往城外化人廠去了。徐本廠下有上字誤没别法兒。徐本没作並無無兒字誤只得翻身進入園中待囘自房甚覺無趣。徐本翻作復待作及自作至房下有中字趣作味誤偏他不在房中問々了頭說往寶姑娘那裡去了。徐本偏他無問々句作問其何

任丫鬟們回誤

賈政已出去了王夫人命人送寶玉到書房去。徐本賈政作他父親到作至去作中誤

都忙請教是何等妙題。徐本無忙字是作係題作事誤

更覺嫵媚風流。徐本更上有反字誤

這是自然如此。徐本是作話誤

不知何等奇事。徐本知下有底下有三字誤

今王既隕身國事。徐本事作患誤
都一看說願去。徐本去作意誤
直殺至賊營。徐本營下有裡頭二字誤
遂回戈奮力一陣。徐本戈下有倒兵二
字二誤
只就這林四娘一節。徐本無這字誤
大家聽了這新聞都要做一首姽嫿詞。
徐本聞作文都上有所以二字誤
膽氣愈壯。徐本氣作量
寶玉尚出神呢。徐本尚下有自字無呢

字誤
此日青州土亦香。徐本亦作尚
詩題忠義墓。徐本詩作好
如此用了功去。徐本了功作心做誤
自提筆向寶玉笑道。徐本向下有紙上
要寫又向六字誤
衆幕友道起的就有力。徐本衆作一起
的句作要怎樣方古誤
便都叫妙極。徐本無極誤
又承一句將軍俏影紅燈裡。徐本承作

讀了將軍無誤
若再多説兩句。徐本若再作再若誤
一句轉煞住。徐本轉上有攙字煞作殺
下同
忙問道這一句可使得。徐本無道字可
下有還字
好個走字。徐本走作用大誤下有便見
滑高紙了一句可删
腥風吹折隴頭麥。徐本頭作中
艷李穠桃臨戰場。徐本戰作疆誤

星馳電報入京師。徐本電作時誤

天子驚慌恨失守。徐本恨作愁

我為四娘長太息。徐本太作嘆

雖然說了幾句。徐本無然字了子誤

忽又止住道。徐本無住字誤

也不可太草率了。徐也作亦誤

蘋蘩蘊藻之賤。徐本作荇藻蘋蘩之賤

憶女兒曩生之日。徐本無兒字日作昔誤

姊妹悉慕幽閒。徐本妹作娣幽閒作娛

嫻

嫗媪咸仰惠德。徐本惠作慧

茝蘭竟被芟薙。徐本薙作鋤

故爾櫻唇紅褪。徐本無爾字誤

蔓延戶牖豈招尤則替寔攘詬而終。徐本戶牖作窗戶誤豈招二句無

既屯幽沉於不盡。徐本屯作懷

直烈遭危。徐本直作貞

巾幗慘於羽野。徐本羽野作雁塞

洲迷藂窟何來却死之鄉。徐本藂作聚

鄉作香

鏡分鸞別。徐本別作影或作彩

鬆翠劃於塵埃。徐本鬆作拾劃作盒

况乃金天屈節。徐本屈作属

白帝司權。徐本權作時

嬌喘共細言皆息。徐本言作腰息作絶誤

露苔晚砌。徐本苔作階誤當是零字

雨洒秋垣。徐本洒作荔誤

埋香屏後。徐本埋香作捉迷

蘭芽罔茁。徐本芽作芳罔茁作枉待

銀箋綵縷誰裁。徐本縷作袖

既驅車而遠涉芳園。徐本涉作陟

復拖杖而還遽抛孤柩。徐本拖作拄還作遣

及聞櫘棺被焚。徐本櫘作慧焚作燹

落日荒壚。徐本壚作坵誤

隔霧壙以啼猿。徐本霧作露

自分紅綃帳裡。徐本自分作豈道

公子多情。徐本多情作情深

女兒薄命。徐本薄命作命薄

汝南泣血。徐本泣作淚
豈神靈而亦妬。徐本而亦作有之
惡乃濫乎其位。徐本其位無
可謂至確至協。徐本確作洽誤
驅豐隆而爲庇從兮。徐本而作以誤
聽車軸而伊軋兮。徐本軸作軌誤
聞馥郁而藹然兮。徐本藹作飄
紉蘅杜以爲讓耶。徐本讓作佩
炫裙裾之爍爍兮。徐本炫作爛爍爍作
爍々

文瓟匏以為觶斝兮。徐本瓟匏作匏瓟」

瞻雲而凝睇兮。徐本睇作眸

彷彿有所觀耶。徐本觀作覘

俯窈窕而屬耳耶。徐本窈窕作波痕

期汗漫而為天闕兮。徐本為天闕作無際

忍捐棄余於塵埃耶。徐本無忍字

倩飛廉之為余驅車兮。徐本飛作風誤」

反其真而復奚化耶。徐本復作又

列槍蒲而森行伍。徐本槍作蒼誤

警柳眼之貪眠。徐本之作以
釋蓮心之味苦。徐本釋作識
寒簧繫敔。徐本寒作搴誤繫作擊宜從」
匪蒲匪筥。徐本蒲作篕筥作籃
發軔乎霞城。徐本軔作輛
返旌乎玄圃。徐本返作還玄作元
既顯微而若通。徐本通作逋
何心意之忡々。徐本忡々作怦々
余乃欷歔悵望。徐本望作怏
鳥啁啾而欲下。徐本啁啾作驚散欲下

作飛誤

魚唼喋以空昂。徐本空昂作響誤

第七十九回誰知又被你聽見了。徐本無又字誤

不知說的是些什麽。徐本無些字誤

公子多情。徐本多情作情深誤

女兒薄命。徐本薄命作命薄誤

好是極。徐本作好極好極誤

好景妙事儘多。徐本妙作好

只是愚人蠢才說不出想不出罷了。徐

本是下有我們二字蠢才無説不出無罷
上有來字誤
就只一件。徐本就作但
何況偺們呢。徐本無呢字誤
雖與我無涉我也是愜懷的了。徐本無
作不無是字的了無誤
等我的紫鵑死了。徐本我的作得誤
還不算遲呢。徐本無呢字誤
這是何苦来呢他。徐本無来字誤
你二姐々已有人家求準了想是明兒那

人家来拜允所以叫你們過去呢。徐本
想是句無呢作了誤所以二字們字可删」
這裡風凉。徐本凉作冷
原來賈赦已將迎春許與孫家了。徐本
無已字誤
祖上係軍官出身。徐本係下有是字誤」
算來亦係世交。徐本亦作又誤
現在兵部候缺題陞。徐本題作提誤
遂情愿擇為東牀嬌壻。徐本情愿無誤」
只聽見說娶的日子甚急。徐本說作那

娶下有親字急作近誤

又聽見邢夫人等囬了賈母。徐本無了字誤

越發掃興了每日痴々呆々的。徐本無了字日作每誤

從今後這世上又少了五個清潔人了。徐本潔作淨誤

屏帳蕭然。徐本蕭作翛

再看那岸上的蓼花葦葉池内的翠荇香菱。徐本無的字誤池内句無

蓼花菱葉不勝愁。徐本愁作悲
那裡比得先時自由自在的了。徐本無
得字誤
我就討了這件差使進来找他。徐本件
作個無使字誤
等我找著璉二奶々。徐本無我字誤
什麼正經事這麼忙。徐本這麼作這般誤」
正是說的到底是那家子的。徐本無子字」
明兒又說李家的。徐本說作要誤
你們兩府也都知道的。徐本也都作都

也無的字誤闔長安城中。徐本闔作合長安作京中作裡誤都稱他是桂花夏家。徐本他下有家字寶玉忙笑問道。徐本無字誤如何又稱桂花夏家。徐本稱下有爲字他家本姓夏。徐本他家無誤凡這長安城中桂花局都是他家的。徐本安下有那字誤中作裡中下有城外二字都作俱

如今太爺也没了。徐本太作大大誤
當年時又是通家常来往的。徐本無是
字常字的字誤
從小兒都一處廝混。徐本廝混作頑過
誤都下有在字可從
叙老親又是姑舅兄妹。徐本無老字又
字誤
竟比見了兒子還親熱。徐本親熱作勝誤」
連當鋪裡的夥計們一群人蹧蹋了人家
三四日。徐本的作老蹧蹋作造擾誤

就咕々唧々的。徐本咕々作占々誤
所以我們狠忙。徐本狠忙作忙乱得很誤」
我也巴不得早些娶過来。徐本無娶字誤」
又添一個做詩的人了。徐本添下有了
字非是
這話是什麽話素日偺們都是廝抬廝敬
的今兒忽然提起這些事是什麽意思怪
道人人都說你是個親近不得的人。徐
本這下有話字什作怎話作說廝均作廝
無的字事下有来字是什句無道作不得誤」

歔々的站了半天思前想後不覺滴下淚
来。徐本天作日思前二句無
回入怡紅院来一夜不曾安穩。徐本回
作還穩作歇誤
睡夢之中猶喚晴雯或魘魔驚悸種々不
甯。徐本睡夢三句無誤
此皆近日抄揀大觀園。徐本此皆作也
因誤
不該因晴雯過於逼責了他。徐本該作
合非是

方許動葷腥油麵等物。徐本等物無誤
方准出門行走。徐本准作可
連院門也不許出去。徐本無連字也作
皆誤
聞得這夏家小姐。徐本無家字
寶玉恨不得就過去一見纔好。徐本就
在玉字下誤
到底比這樣安甯些。徐本甯作靜
二則又聞得是個有才有貌的佳人。徐

本聞淂作知誤
自然是溫雅和平的。徐本溫作典誤
因此他心中盼過門的日子。徐本無他字誤
好容易盼淂一日娶過了門。徐本一日在易字下誤
也識淂幾個字。徐本也作亦頗誤
從小兒父親去世的早。徐本兒作時誤
愛自己尊若菩薩待他人穢如糞土。徐本無愛字待字

在家中時常就和了頭們使性弄氣。徐本無就字弄作賭誤特常無可刪

自為要做當家的奶々。徐本自下有以字

須要拏出這威風来。徐本無這字誤

若不趁热灶一氣炮製熟爛。徐本熟爛無誤

他在家時不許人口中帶出金桂二字来。徐本無時字来字誤

薛蟠本是個憐新棄舊的人。徐本棄作

去誤
如今得了這樣一個妻子。徐本無樣子誤」
那金桂見了這般形景。徐本了作是
一日薛蟠酒後。徐本酒上有的字大誤」
薛蟠忍不住。徐本忍上有便字大誤
茶飯不進。徐本飯作湯
人家鳳凰蛋似的。徐本無蛋字
原看你是個人物。徐本看下有的字誤」
准了黃湯。徐本准作吃誤
金桂見婆々如此說丈夫。徐本丈夫無誤」

總不理薛蟠。徐本無總字誤

惟自怨恨。徐本惟下有有字怨恨作嘆
而已誤

自此更加一倍小心。徐本更作便大誤

不免氣概又矮了半截下来。徐本不免
在概字下

也就漸々持戈試馬起来。徐本起来無誤」

又將至寶釵。徐本又作後誤

每欲尋隙。徐本每作便誤

因問他香菱二字是誰起的名字。徐本

無他字名字無

時常還誇呢。徐本誇下有的字誤

第八十四話說香菱言還[未]盡金桂將頸項

一扭嘴唇一癟。徐本香菱言還未盡無

桂下有聽了二字癟作撅

菱角誰聞見香来著。徐本角下有花開

二字無聞字著字誤

放在那裡去。徐本無去字誤

比是花兒都好聞呢。徐本無兒

蘭花桂花倒香的不好了。徐本蘭上有

這字誤
一句未說完。徐本無說字說誤
要死要死。徐本作你可要死誤
你怎直叫起姑娘的名字来了。徐本直
作麼無了字誤
一時說順了嘴。徐本無說字誤
奶々說那裡話来。徐本無来字誤
就用那一個字。徐本無字字誤
當日我来的時候。徐本作當日買了我
時非是

後来我自服侍了爺。徐本我自無
益發不與姑娘相干了。徐本無了字誤」
况且姑娘又是極明白的人。徐本無况
字誤
皆盛於秋。徐本盛作勝誤
就依奶々這樣罷了。徐本無了字誤
自此以後。徐本無以字誤
只因薛蟠天性是淂隴望蜀的。徐本是
字在天字上誤
如今淂娶了金桂。徐本無得字誤

只是的金桂。徐本無是字誤

待機而發。徐本待作俟

故意捏他的手。徐本捏作掿誤

寶釵又假粧躲閃。徐本假作喬

两下裡失誤豁啷一聲。徐本無裡字啷作琅誤

姑爺不好生接著。徐本無著字誤

就趂勢跪在被上。徐本無趂字誤

就把誰收在房裡。徐本把誰無裡作中誤」

只在家中斷耐。徐本耐作鬧大誤

寶蟾也知八九了。徐本九下有分字
也就半推半就。徐本無也字誤
也是金桂從小兒在家使喚的。徐本無
兒字在家在從字上
因他自幼父母雙亡。徐本幼作小父母
在自字上誤
專做些粗笨的生活。徐本粗笨的生無
非是
到我屋裡。徐本屋作房下同
百般竭力挽回不暇。徐本不暇無誤

忙轉身迴避不迭。徐本無忙字迭作及誤」
那薛蟠自為是過了明路的。徐本無那
字
今既被香菱遇見了便恨無地縫兒可入
。徐本被字見字無香作秋遇了在既字
下縫兒無誤
一遛跑了出来。徐本出来無誤
卻被香菱衝散。徐本衝作打誤
早已跑了。徐本已作早誤
赤條精光。徐本赤上有他字誤

命香菱過来陪自己先睡。徐本先作安誤

怕夜裡勞動服侍人。徐本無人字誤

你那没見世面的主子。徐本無那字誤

見了一個愛一個。徐本無了字誤

再不去時便要打了。徐本無時字便作就誤

香菱無奈只得依命。徐本無奈無誤

一時又叫搥脚。徐本叫作要誤

穩睡片時。徐本睡作臥

等我慢々的擺佈著来。徐本著来作了

他大誤
只説心疼難忍四肢不能轉動。徐本疼
作痛轉作運誤
請醫療治不效。徐本請醫無誤
於是衆人反亂起来當作新文。徐本反
亂起来無文作閙
薛蟠自然更反亂起来。徐本無反字誤
何必冤枉衆人呢。徐本無呢字誤
莫不是我自己害我自己不成。徐本下
我字無誤

誰可敢進我的房呢。徐本誰可作如何誤」
也沒什麼要緊。徐本無也字誤
左不過是你三個多嫌我一個。徐本無
過字一個無誤你下宜加一們字
不容分辨。徐本辨作說誤
香菱吽屈不迭。徐本不迭無誤
這了頭服侍了你這幾年。徐本了你無誤」
那一點兒不周到不盡心。徐本無兒字
不周到無盡作小誤
你且問個青紅皂白。徐本紅作渾誤

生怕薛蟠耳軟心活。徐本無生字耳作心心作意活下有了字誤

便益發嚎啕大哭起來一面又哭喊道。徐本益發作發聲嚎啕作喪聲一面句作說誤

薛姨媽聽見金桂句々挾制著兒子。徐本見作了誤桂下宜增的話二字

如令又勾搭上了了頭。徐本無了字誤

騷狗也比你體面些。徐本無騷字誤騷宜作臊

把陪房丫頭也摸娑上了。徐本娑作索誤娑宜作挲

白辜負了我當日的心。徐本無我字誤」

大家過太平日子罷了。徐本罷了無誤」

容不下人的不成。徐本不下有得字誤」

氣的身顫氣咽道。徐本顫作戰大誤

婆々這裡說話。徐本這上有在字誤

滿嘴裡大呼小叫的。徐本嘴作屋無的字誤

趙性發潑喊叫起來了。徐本無性字潑字誤」

你的小老婆治我害我。徐本上我字無誤」
就留下他賣了我罷。徐本無就字罷字誤」
誰還不知道你薛家有錢。徐本無你字誤」
你不趁早兒施爲。徐本無兒字誤
跑了我們家做什麽去了這會子人也来
了金的銀的也賠了略有個眼睛鼻子的
也霸佔去了該擠發我了。徐本這會至我
了五句無誤
一面滾揉自己拍打。徐本滾揉無誤
當下薛姨媽早被寶釵勸進去了只命叫

人来賣香菱。徐本無早字叫字誤

偺們家從来只有買過人。徐本從来無過字無誤

我正也没人使呢。徐本無使字誤

不如打發了他到乾淨。徐本無到字誤

也如賣了的一樣。徐本如作与誤

自此以後香菱果跟隨寶釵去了。徐本以後作後来誤

竟釀成乾血癆之症。徐本無癆字誤

日漸羸瘦作燒。徐本作燒無

請醫診視服葯亦無效驗。徐本診視無

亦字驗字無誤

那時金桂又吵鬧了數次氣的薛姨媽母

女惟有暗中垂淚怨命而已。徐本吵作

噪誤氣的二句無

薛蟠雖曾仗著酒膽挺撞兩三次。徐本

雖曾作有時三字無誤

只得亂鬧一陣罷了。徐本鬧作了誤

如今習慣成自然。徐本今下有已成二

字無成字誤

反使金桂越發長了威風薛蟠越發軟了
氣骨。徐本無發字了字薛蟠句無誤
寶蟾却不比香菱的性情。徐本無却字
情性無
他便不肯低服容讓一半點兒。徐本容
讓一無誤
先是一冲一撞的拌嘴角口。徐本角口
無誤
薛蟠此時一身難以兩顧。徐本此時無誤
便糾聚人来鬥紙牌擲骰子作樂。徐本

無紙字子字作作行誤
又生平最喜啃骨頭。徐本啃作齧
只單以油炸焦骨頭下酒。徐本以作是
炸下有的字
吃的不耐煩或動了氣便肆行海罵。徐
本或動句無海作胡誤
薛蟠此時亦無別法。徐本此時無誤
惟日夜悔恨不該娶這絞家星罷了。徐
本日夜無絞家星作攪家精罷了無誤
兩家姊妹不差上下的。徐本無的字誤」

姑娘惟有背地淌眼抹淚的。徐本淌作流抹字無誤地下有裡字可從

只要接了来家散宕兩日。徐本宕作蕩誤」

就接他去罷。徐本無罷字誤

聽見如此說。徐本無說字誤

喜得一夜一曾睡著盼明不明的。徐本睡著作合眼盼明句無誤

到各處散宕須要了一會。徐本散宕無誤」

這廟外現挂著招牌丸散膏丹。徐本無這字丹作葯大誤

都叫他起了個混號兒名喚作王一貼。徐本無都字兒字喚下有他字誤

都笑道来的好来的好。徐本無都字来的好無疊句的淂誤

滿屋裡人都笑了。徐本人作的誤

連在這屋裡坐著還嫌膏葯氣息呢。徐本連作坐坐著無誤

就挐香薰了又薰的。徐本了又無誤的下有了字可從

君臣相配。徐本配作濟

内則補元氣開胃口養榮衛。徐本則下
有調字補在元字上下開胃口 在養榮衛
下誤
去死肌生新肉。徐本無肌字肉字誤
貼過的便知。徐本無的字誤
到有一種病可也貼得好麽。徐本種作
樣無可字誤
若不見效。徐本若字見字無誤
只管揪著鬍子。徐本無著字誤
唬的王一貼不敢再問。徐本敢作等大誤

我問你可有貼女人們妬病的方子沒有○徐本們的無病下有的字誤

到有一種湯藥○徐本無到字誤

什麼湯藥○徐本無藥字誤

都是潤肺開胃不傷人的甜絲々的○徐本潤作順絲々作蜜々誤

說笑了你們可就值錢寔告訴你們說罷○徐本無可字寔字罷字誤

我還吃了做神仙去呢○徐本去呢無誤

孫家的婆娘媳婦等人已待過晚飯○徐

本無的字過字誤

又說老爺曾著他五千兩銀子。徐本無他字無兩字誤

你老子使了我五千兩銀子。徐本無兩字誤

希圖仗我們的富貴。徐本圖仗作冀上非是

如今強壓著我的頭。徐本無强字誤

又不該做了這門親。徐本無又字誤

從小兒沒了娘。徐本了作有誤

過了幾年清靜日子。徐本清靜作淨心誤
王夫人一面解勸一面問他隨意在那裡
安歇。徐本無解字意下有要字誤
作々的離了姊妹們。徐本無的字誤
二則還記掛著我的屋子還得在園子裡
住得三五天死了也甘心。徐本掛作罣
屋上有這字無子字了在心字下誤
何必說這喪氣的話仍命人忙々的收拾
紫菱洲的房子屋。徐本這下有些字無
氣字洲下無的字誤

命姊妹們陪伴著解釋他。徐本無他字誤」
無奈懼孫紹祖之惡只淂勉强忍情作辭
去了。徐本無懼字只淂無誤